L'espion de Richelieu

Professeur d'histoire avant de devenir écrivain, **Claude Merle** a écrit des scénarios pour la télévision, des romans, des documentaires, et des pièces de théâtre. Il est l'auteur de plusieurs romans édités par Bayard, Hachette, Nouveau Monde, Intervista et Autrement.

Illustration de couverture : Raphaël Gauthey
Directeur de collection : Pierre Jaskarzec

18, rue Barbès, 92128 Montrouge Cedex
ISBN : 978-2-7470-5178-1
Dépôt légal : janvier 2015

Loi n° 49-956 du 16 juillet 1949 sur les publications destinées à la jeunesse.

Claude Merle

L'espion de Richelieu

1- Échec à la reine

Estampille

bayard jeunesse

Les personnages

Personnages ayant existé :

- **Armand Jean du Plessis de Richelieu,** dit le cardinal de Richelieu (1585-1642) : principal ministre de Louis XIII.
- **Louis XIII** (1601-1643) : roi de France de 1610 à 1643.
- **Anne d'Autriche** (1601-1666) : reine de France de 1615 à 1643.
- **Marie de Médicis** (1575-1642) : épouse d'Henri IV, mère de Louis XIII.
- **Gaston d'Orléans** (1608-1160) : frère de Louis XIII, et à ce titre appelé Monsieur.
- **Marie de Rohan** (1600-1679) : duchesse de Chevreuse.
- **Henri de Talleyrand** (1599-1626) : comte de Chalais.
- **Jean-Baptiste d'Ornano** (1581-1626) : maréchal de France.
- **Alexandre de Vendôme** (1598-1629) : fils naturel d'Henri IV, grand prieur de France.
- **César de Vendôme** (1594-1665) : fils naturel d'Henri IV, gouverneur de Bretagne.

Personnages de fiction :

- **Ancelin** : fils du marquis d'Amboise, espion de Richelieu.
- **Angélique de Beaulieu** :
  dame d'honneur de la reine Anne d'Autriche.
- **René d'Entraigues** : compagnon d'armes d'Ancelin.
- **Louise d'Entraigues** : sœur de René,
  dame d'atours de la reine Marie.
- **Arkan** : agent secret de Richelieu.
- **Henri Beaumesnil** (Henriet) : avocat, ami d'Ancelin.
- **Pierre de Vaudémont** (Orphée) : ami d'Ancelin.
- **Roland d'Espagnac** : ami d'enfance d'Ancelin.
- **Richard de Villers** (Soubise) : ami, puis adversaire d'Ancelin.
- **Louis de Brienne** : ennemi d'Anne d'Autriche,
  informateur de Richelieu.
- **Marquis de Villanova** : ennemi mortel d'Ancelin.
- **Angelo** : ancien capitaine des armées du roi.
- **Jeanne** : compagne d'Angelo.
- **Yvon** : écuyer d'Ancelin.

1

Lame distraite, lame perdue

À Paris, en 1626, seizième année de règne du roi Louis XIII, le printemps était précoce. Le soleil, éblouissant depuis la fin février, tiédissait les jardins Notre-Dame, dont les ormes commençaient à verdir, en bordure de la rue de la Blanche-Oie.

Les jeunes gens se divertissaient à l'écart des promeneurs, entre une haie de lauriers et la clôture de l'ancien hôtel de Navarre. Quatre garçons et trois filles âgés de seize à vingt-deux ans. Les filles, en robe légère, étaient assises sur une sorte de banc formé par le tronc d'un antique marronnier abattu sur l'ordre de l'architecte pour faciliter l'accès au chantier voisin où s'élevait l'ébauche d'une chapelle.

Les garçons avaient jeté leurs pourpoints, et, chemises ouvertes et bottes rabattues, ils s'affrontaient à l'épée, deux par deux. On devinait, aux pointes mouchetées et aux rires des jeunes filles que ce n'était pas un vrai duel, mais un simple exercice. Cependant, les combattants s'appliquaient et poussaient des cris de victoire à chaque touche.

– À toi, Orphée ! cria, entre deux fous rires, une jolie blonde prénommée Marion.

Orphée, en réalité Pierre de Vaudémont, devait son surnom à une voix chaude et une passion pour la musique, la guitare espagnole en particulier, dont il jouait fort bien. Dans l'immédiat, il rompait sous les assauts de son adversaire, René d'Entraigues, qui venait de l'épingler à deux reprises et cherchait à le bloquer contre la palissade de l'hôtel de Navarre. Les spectatrices le jugeaient vaincu quand il se dégagea adroitement et fouetta l'épaule de son rival.

– Joli coup ! cria Aurore, la plus âgée des jeunes filles, qui se donnait des airs de grande dame.

– Coup mortel ! enchaîna Entraigues en touchant Orphée pour la troisième fois.

– Ma parole ! Tu as mangé du lion ! s'écria Orphée avec bonne humeur.

– Mieux, du cardinal.

La réplique d'Entraigues avait été proférée à voix basse car le parc, peuplé de promeneurs, avait des oreilles, et il était imprudent de médire de Richelieu, le tout-puissant ministre du roi.

Les deux amis interrompirent leur combat le temps de reprendre haleine. Ils s'assirent sur le banc et regardèrent leurs compagnons, Henriet et Soubise, qui s'escrimaient à quelques pas de là dans un style plus académique.

Henriet était roux, sec et nerveux. Soubise, surnom de Richard de Villers, lourd, faussement lent, vif à la réplique, était bon escrimeur. Orphée, grand, élégant, nouait ses cheveux bruns sur la nuque. René d'Entraigues, le plus vieux de la bande, avait combattu en Italie. Il en avait ramené une cicatrice à la tempe et une peau brune dont il entretenait avec soin le hâle pour rappeler qu'il avait été soldat.

– J'ai soif ! soupira Aurore.

– Il fait chaud, dit Marion en s'éventant avec son chapeau.

Louise, la plus jeune, s'empressa de retirer de leur panier une bouteille d'eau parfumée à l'orange. Sœur de René d'Entraigues, elle avait un minois de chatte, des yeux dorés étirés vers les tempes, des pommettes hautes et un sourire tout en lumière et en fossettes.

Aurore porta son gobelet à ses lèvres et fit la grimace.

– Elle est chaude ! Une vraie purgation !

Les jeunes gens, dont elle voulait attirer l'attention, ne lui accordèrent pas un regard : ils avaient déjà recommencé à croiser le fer. Orphée portait une première attaque quand un inconnu, traversant la haie, atterrit sur le pré, l'épée à la main. Il était vêtu de cuir noir et portait un masque à la manière des spadassins, et sans avertissement il s'attaqua aux jeunes duellistes.

D'un coup de botte, il renversa Henriet, puis, liant sa lame à celle de Soubise, il le désarma. Orphée et Entraigues, surpris par la rapidité de l'agression, eurent à peine le temps de se mettre en garde. Ils attendaient l'assaut du furieux lorsque le spadassin ôta son masque et salua.

– Ancelin ! s'exclama Orphée.

– Amboise, chien de l'enfer ! gronda Entraigues.

Henriet et Soubise, revenus de leur stupeur, s'empressèrent autour du nouveau venu tandis que les trois jeunes filles, oubliant leur frayeur, applaudissaient. Ravis, les sept jeunes gens se mirent à parler tous en même temps :

– D'où sors-tu ?

– On te croyait mort !

– Prisonnier !

– Esclave des Barbaresques.

– Enchaîné aux galères d'Aragon.

Ancelin sourit.

– Je reviens de Venise.

– Que faisais-tu, là-bas ? s'étonna Entraigues qui avait combattu avec lui pour chasser les Espagnols de la Valteline.

– J'avais du mal à quitter l'Italie.

Entraigues hocha la tête d'un air entendu.

– Le marquis de Cœuvres ! Il voulait faire de toi son lieutenant, si j'ai bonne mémoire ?

Ancelin eut un sourire amer.

– Dans le feu de l'action, c'est vrai, mais la mémoire du marquis est moins fidèle que la tienne. Commander une garnison de dix hommes dans la forêt des Grisons, non, merci. Venise m'offrait un véritable commandement. J'ai hésité, et puis...

De l'épée, il désigna le cours de la Seine, de Saint-Victor à Saint-Germain.

– Paris me manquait.

– Et tu manquais à Paris ! s'écria Entraigues en le pressant dans ses bras.

– Beaucoup ! ajouta sa sœur avec émotion.

– C'est toi, Louise ? Cela fait...

– Deux ans et deux mois.

– Je ne t'aurais pas reconnue. Lorsque je suis parti, tu avais des couettes et cette triste robe grise...

La jeune fille fit la grimace.

– Celle des filles de Sainte-Ursule !

– À présent, elle est dame d'atours de la reine Marie, mère du roi, dit son frère avec fierté.

– Tu es devenue une vraie beauté. La reine a toujours su choisir ses demoiselles d'honneur.

Louise esquissa une révérence en rougissant.

– Merci, seigneur d'Amboise.

Ancelin lui rendit son salut avec un sourire contraint, car Amboise n'était pour lui qu'un nom de guerre. En effet, s'il était le fils du marquis Bussy d'Amboise, il n'avait aucun titre à cette parenté, le grand seigneur ayant refusé de le reconnaître. Sa mère travaillait comme simple lingère au château d'Amboise. Un bâtard, voilà ce qu'il était !

– Tu te souviens de Clermont ? demanda Henriet avec nostalgie.

Oui, Ancelin s'en souvenait : Clermont, sur la colline Sainte-Geneviève, était le collège des jésuites où ils avaient fait leurs études. Son père, le marquis, avait consenti à payer sa pension jusqu'au jour où Ancelin avait abandonné l'école pour rejoindre l'armée du roi, convaincu qu'une conduite héroïque lui permettrait d'accéder un jour à la noblesse par son propre mérite. La guerre avait d'abord paru lui donner raison. Remarqué par le commandant de l'armée d'Italie pour son audace face aux Espagnols, il avait espéré monter en grade, mais le marquis de Cœuvres était aussi généreux de paroles et avare de cœur que le marquis d'Amboise.

– Je constate que tu n'as pas perdu la main ! grommela Soubise en ramassant son épée.

Ancelin secoua la tête en riant.

– Lame distraite, lame perdue ! Tu as oublié la devise d'Egmont.

– Egmont ! Tu l'as revu, notre cher maître d'armes ? lui demanda Entraigues.

– Non, j'arrive à peine. Mais j'ai tiré l'épée chaque jour à Venise. Il y a, là-bas, d'excellentes académies qui m'ont enseigné quelques bottes que je veux vous révéler à mon tour.

– Oui, montre-moi ! s'écria Entraigues en se mettant en garde.

– Ah non, finis, les combats ! protesta Aurore. Il est temps de manger !

Orphée, qui avait saisi sa guitare, émit un accord moqueur.

– Manger, vous ne pensez qu'à ça !

– On ne le dirait pas, intervint galamment Ancelin.

Aurore lui adressa un sourire reconnaissant. Fière de sa taille mince, elle la mit en valeur en se cambrant pour cueillir un brin de laurier au sommet de la haie.

Jalouse du manège de son amie, Louise saisit la main d'Ancelin.

– Viens t'asseoir. Tu dois avoir faim après un aussi long voyage, je vais te servir.

La jeune fille était amoureuse du chevalier depuis l'enfance. En le revoyant, alors qu'elle n'espérait plus son retour, son cœur s'était mis à battre plus vite.

Ancelin était encore plus beau que dans son souvenir : grand, large d'épaules, courtois, aristocratique. Le hâle de son visage faisait ressortir la blondeur de ses cheveux retenus par un bandeau de cuir.

Conscient de l'émoi qu'il suscitait chez la sœur de son compagnon d'armes, Ancelin s'assit docilement dans l'herbe à l'endroit qu'elle lui réservait. Sa gentillesse ravissait Louise. Avant son départ, il était parfois brutal comme la plupart des hommes, si différent maintenant...

En réalité, Ancelin était affamé. Ses maigres économies avaient tout juste suffi à financer son voyage, le logement de son cheval et son propre hébergement dans une méchante soupente de la rue Saint-Victor. Depuis quinze jours, il se nourrissait de soupe et de pain d'avoine. Et, bien que la guerre lui eût appris à se contenter de peu, en voyant surgir du panier des chapons dorés, des pâtés et des flacons de vin de Moselle, il réprima un grognement de plaisir anticipé.

Louise le servit généreusement. Malicieuse, elle demanda :

– Devine qui nourrit la compagnie ?

Tous les regards se tournèrent vers Henriet. Fils d'un membre du parlement de Paris, avocat lui-même, Henriet, qu'ils surnommaient le Pacha, était le plus fortuné des cinq et le plus généreux. Les autres appartenaient à la petite noblesse désargentée du royaume, et Ancelin était rejeté par son père.

Ancelin éclata d'un rire joyeux.

– Je constate avec plaisir que les traditions sont tenaces. Je suis heureux de vous revoir, bande de pique-assiettes !

Entraigues leva son gobelet.

– À ton retour, chevalier !

Les autres reprirent en chœur :

– À ton retour !

– Vous n'allez pas le croire : je me suis trompée ! s'exclama Louise qui fouillait dans son panier. J'ai emporté huit gobelets et huit assiettes alors que nous n'étions que sept, et nous voici huit. C'est de la magie !

– Non, de l'amour, la taquina Orphée.

Ils éclatèrent de rire tandis que la jeune fille s'empourprait.

– Quelles nouvelles de la cour ? demanda Ancelin pour dissiper son trouble.

– La Chevreuse règne toujours, plaisanta Henriet.

Marie de Rohan, duchesse de Chevreuse, passait pour la plus grande dame du royaume après les princesses de sang.

– C'est un gaillard, cette femme-là, approuva Soubise en mordant à belles dents dans sa part de chapon. On raconte qu'en Angleterre, pour échapper à ses ennemis, elle a traversé la Tamise à la nage.

Ancelin hocha la tête.

– Justement, je la croyais exilée, en Angleterre ou ailleurs.

– D'où sors-tu ?

– De l'arsenal de Venise.

– Sache qu'on n'exile pas une femme comme elle, dit Entraigues. On la chasse par une petite porte, elle revient par la cour d'honneur. Elle commande la reine et Gaston, frère du roi, donc la noblesse de France.

– Et le cardinal ?

– Lui, son règne s'achève, bon débarras ! ricana Soubise.

Entraigues lâcha un rire de satisfaction.

– Ses jours sont comptés.

– Sa disgrâce est proche !

Ancelin fit une moue incrédule.

– Le roi se séparerait de Richelieu ?

– Il paraît, mais comment savoir ce que pense Louis XIII ? Il ne le sait pas lui-même.

Soubise avait chuchoté ces derniers mots, car les jardins Notre-Dame avaient des oreilles et ces oreilles appartenaient au cardinal. Ancelin, rassasié, se laissa aller en arrière. Couché dans l'herbe, il regarda le ciel, charmé de le voir si bleu. Au milieu de ses amis, il retrouvait sa jeunesse insouciante.

– Que vas-tu faire ? lui demanda Entraigues.

Ancelin ferma les yeux.

– Je l'ignore... L'armée, peut-être. Au pire, l'un de mes parents me propose un poste d'intendant dans son domaine du Berry...

– Amboise, intendant ! s'esclaffa Soubise.

– L'armée sans la guerre, autant entrer au couvent ! grogna Entraigues.

– Si tu as besoin de moi..., murmura Henriet.

Ancelin se redressa fièrement.

– Cher Pacha, je te remercie, mais je n'en suis pas encore là. Parlons d'autre chose, Paris est si beau !

En disant cela, il regarda Louise, qui lui sourit. Il fronça les sourcils.

– Ces fossettes, tu les avais ?

Elle fut prise de fou rire.

– Mais oui !

– Tu les cachais bien. Tu avais tort !

2

Oiseau de fer

– Je constate que tes fers n'ont pas dormi ! s'exclama Egmont.

Le maître d'armes était un vieil homme maigre, voûté, le visage sculpté dans du cuir sombre, les cheveux réduits à une brosse d'acier. Il avait été soldat en Espagne, puis en Autriche où il avait perdu un œil et l'usage partiel d'une jambe.

C'est tout ce qu'on savait de lui, car il était peu bavard. Malgré son âge et ses infirmités, il avait encore le bras solide et rien n'échappait à son œil unique.

– Il va te falloir deux nouvelles lames. Les tiennes ont fait leur temps.

Ancelin haussa les épaules. Il n'avait pas assez d'argent ni de crédit pour s'offrir un forgeron. Il balaya la salle d'armes du regard.

– Ta galerie a belle apparence.

En son absence, Egmont avait singulièrement embelli son académie. Ce qui n'était jadis qu'une grange était devenu un lieu agréable, avec un parquet de chêne et de grandes fenêtres ouvertes sur les hauteurs de Sainte-Geneviève.

– Une nouvelle clientèle, pas très disciplinée, mais fort riche, grogna le vieil homme.

Pour illustrer ses propos, une bande de gentilshommes fit irruption dans la salle. Ils se bousculaient, riaient et parlaient haut sans se soucier du maître d'armes. Egmont ne broncha pas. « Autrefois, il n'aurait jamais toléré cette insolence ! » songea Ancelin.

Le vieil homme frotta avec vigueur son crâne tondu.

– Je suis fatigué, tu pourrais m'aider, si tu voulais.

Ancelin allait refuser, soupçonnant le maître d'armes d'avoir deviné sa gêne et de vouloir lui venir en aide, quand il s'empressa d'ajouter :

– Tu me le dois !

Pendant dix ans, Ancelin avait été son élève. Egmont, pressentant ses dons exceptionnels, l'avait favorisé sans compter ses heures.

– C'est vrai, admit-il.

– Alors, au travail !

– Maintenant ?

– Sauf si tu as mieux à faire.

L'œil unique du maître d'armes était ironique.

– Soit.

Ancelin alla choisir une épée parmi les vingt, alignées sur un râtelier orné des blasons des grands seigneurs qui avaient été les élèves du vieil homme. Il essaya le poids, l'équilibre et la souplesse de la lame avant de revenir vers le maître d'armes.

– Ceux-là, dit Egmont en désignant deux jeunes gentilshommes en train d'échanger leur perruque et leur habit contre un plastron et un masque.

Il annonça à leur intention :

– Ancelin, un jeune maître venu d'Italie.

Les élèves omirent de se présenter, mais ils saluèrent Ancelin avec courtoisie. Pendant une heure, Ancelin les opposa, puis il les affronta individuellement, chacun son tour, décomposant les mouvements, rectifiant les positions. Au cours des assauts, il restait en chemise et le visage découvert. Les autres bretteurs s'étaient arrêtés pour regarder la démonstration. Ils admiraient l'aisance et la vivacité du nouveau maître.

Quand le temps fut écoulé, Egmont se retira avec son ancien élève. Son œil était inquisiteur.

– Où as-tu travaillé ?

– Dans les Alpes, contre les Espagnols, je vous l'ai dit.

– Ne te moque pas de moi !

Ancelin sourit.

– À Venise, auprès des frères Fiori, puis de Rienzi.

– Rienzi..., murmura Egmont avec respect.

Le Vénitien passait pour la meilleure lame d'Europe.

– Je comprends mieux !

Ils regagnaient la salle d'armes quand René d'Entraigues arriva.

– Toi, ici ? s'exclama-t-il. J'ignorais que tu fréquentais encore ce vieux vautour !

– Tiens ta langue si tu ne veux pas que je te la coupe ! gronda Egmont.

Ancelin et Entraigues éclatèrent de rire, heureux de retrouver l'humeur hargneuse qui explosait au moindre prétexte à l'époque de leur adolescence.

Ancelin compta les élèves. Ils étaient vingt-quatre. Il aimait le tintement des lames, le piétinement des bottes sur le parquet et les grognements des combattants. Egmont allait de l'un à l'autre, prodiguant ses conseils du ton rude qui devait être le sien lorsqu'il commandait son escouade au bord du Danube, vingt ans auparavant.

Entraigues et Ancelin se disposaient à croiser le fer comme au bon vieux temps quand une troupe de gentilshommes les dérangea. Bruyants et insolents, ils prirent possession de la salle d'armes avec un sans-gêne désagréable.

– Attendez votre tour ! fulmina Egmont.

– Je dois être au Louvre à midi, répliqua le meneur de la troupe. Je n'ai pas de temps à perdre !

Le maître d'armes contint difficilement sa colère.

– Revenez plus tard.

– Revenir ?

Le gentilhomme prit ses compagnons à témoin.

– Est-on chez le barbier ?

Il lança une bourse au maître d'armes.

– Ton école est la meilleure de Paris, c'est ce qu'on raconte. Ne fais pas mentir ta réputation.

Ancelin crut qu'Egmont allait se mettre en colère, mais il soupesa la bourse et grimaça un sourire.

– Mettez-vous en tenue, seigneur. Ancelin vous donnera la leçon. Il nous vient tout exprès d'Italie.

Ancelin regarda son maître, aussi surpris que le gentilhomme.

– Qui est cet Ancelin ? ricana l'insolent. Je ne paie pas pour être confié à un valet !

Voyant Ancelin porter la main à son épée, Egmont lui saisit le poignet.

– Un adversaire digne de vous, monsieur, dit-il d'une voix douce.

Le gentilhomme eut un rire blessant.

– Digne de moi, vraiment ?

– C'est Louis de Puylaurens, le frère d'Antoine, favori de la reine Anne d'Autriche, murmura Entraigues à l'oreille d'Ancelin. Un bretteur dangereux, amateur de coups fourrés.

Ancelin jaugea son adversaire : grand et élégant, Puylaurens avait noble allure. Ses traits auraient été séduisants sans la morgue qui les rendait déplaisants. Son corps musclé n'était pas celui d'un papillon de salon, comme tant de courtisans, mais d'un homme accoutumé aux exercices physiques.

Tout en plaisantant avec ses amis, Puylaurens quitta ses habits, qu'un valet recueillit, puis il endossa le pourpoint rembourré qu'on lui offrait. Egmont vint fixer lui-même l'embout de cuir qui enveloppait la pointe de sa lame. Ancelin avait vérifié le sien.

– Mettez vos masques ! ordonna le maître d'armes.

Avant d'obéir, Puylaurens salua son adversaire avec ironie :

– Prêt pour ta leçon, l'Italien ?

Dédaignant la provocation, Ancelin s'équipa et se posta tranquillement au centre de la salle. La plupart des habitués avaient interrompu leurs exercices pour assister au duel entre le jeune maître, dont ils venaient de découvrir le talent, et Puylaurens qui jouissait d'une réputation impressionnante.

– Messieurs, en garde ! commanda Egmont.

Puylaurens se retourna une dernière fois vers ses compagnons et lança :

– Cent pistoles que je touche deux fois avant d'être piqué !

– On n'est pas au cirque ! gronda le maître d'armes.

Les gentilshommes levaient le bras quand Ancelin les devança :

– Pari tenu !

L'accent était moqueur malgré la voix assourdie par son masque. Puylaurens en fut ulcéré. Ancelin nota sa nervosité tandis qu'il se plaçait face à lui. Egmont tendit son épée. Les deux adversaires y posèrent leurs lames croisées, puis le maître d'armes retira la sienne et commanda :

– Allez !

Ancelin et Puylaurens s'observèrent pendant quelques instants. Ils tournaient lentement, se tâtaient du bout du fer. Les spectateurs retenaient leur souffle en se demandant qui porterait la première attaque. Ce fut Puylaurens, un assaut en trois temps qu'Ancelin para avec nonchalance. Puylaurens redoubla sans attendre. Ancelin esquiva, puis, profitant du déséquilibre de son adversaire, il contra et se fendit. Puylaurens réussit une parade désespérée. Au lieu d'en profiter pour prendre l'avantage, Ancelin recula d'un pas et leva son épée pour laisser le temps à son adversaire de reprendre son assise.

Rendu prudent, Puylaurens devint plus attentif. Les deux lames se touchaient, feintaient, hésitaient, se retiraient, revenaient. Puylaurens cherchait la faille. Ancelin le laissait venir. Puis il se découvrit. Sans hésiter, Puylaurens en profita pour porter une botte foudroyante. Ancelin para et riposta. Son fer se lia à celui de son adversaire. L'épée de Puylaurens s'envola.

– Lame distraite, lame perdue ! commenta Egmont avec une satisfaction à peine dissimulée.

Au lieu de toucher son adversaire, Ancelin recula d'un pas et salua. Mortifié par les applaudissements des élèves, y compris de certains membres de son entourage, Puylaurens alla ramasser son épée. La fureur l'empêchait d'écouter les conseils du maître d'armes. Un tel affront ! Le plus insupportable était la courtoisie avec laquelle Ancelin s'était retiré lorsqu'il se trouvait en difficulté. Il l'avait traité comme un débutant, lui qui remportait la plupart de ses combats et passait pour l'une des plus fines lames de Paris. En duel, il avait blessé deux hommes. Sa renommée grandissait, et cet Italien l'humiliait devant ses familiers ! Cependant le combat était loin d'être terminé.

Il revint au centre de la salle et se mit en garde en se forçant à se concentrer, conscient d'avoir commencé le combat avec trop de désinvolture, certain de sa supériorité.

La deuxième phase du duel le rassura. Il exécuta plusieurs bottes savantes. Ancelin réussit à les parer, mais il rompait plus souvent, comme si l'adresse de son adversaire le mettait en difficulté. Cette fois, les spectateurs manifestaient leur enthousiasme, mais les applaudissements s'adressaient aussi bien à Puylaurens qu'à son rival. Ces succès poussèrent le gentilhomme à s'enhardir. Il harcela son adversaire, multipliant les coups. Ses victoires étaient dues bien souvent à la puissance de son poignet. Il pouvait combattre longtemps avec une lame plus lourde qui fatiguait son adversaire jusqu'à l'instant du coup décisif.

Il crut cet instant venu et porta son attaque favorite. Il croyait toucher quand Ancelin para et riposta. Les deux gestes simultanés furent si rapides que Puylaurens sentit la pointe de son adversaire sur son cœur, le temps d'un éblouissement.

Ancelin se retira et salua. Alors, perdant toute mesure, le vaincu se rua sur son rival dans l'espoir de le bousculer. Ancelin esquiva et porta une deuxième attaque en plein front, sur le masque de cuir. Puis son épée se mit à voler, oiseau insaisissable, menaçant son adversaire aveuglé, tantôt au visage, tantôt à la poitrine. Le combat tournait en démonstration mortifiante lorsque le maître d'armes l'interrompit :

– Trop d'erreurs, de précipitations, de maladresses, d'imprudences ! s'emporta-t-il. L'escrime est une leçon d'harmonie et un art chevaleresque. Vous en faites une rixe de coupe-jarrets !

Il s'adressait aux deux adversaires, mais il était évident que la critique était destinée à Puylaurens. Ancelin ôta son masque et s'inclina.

– Je m'excuse, maître.

Puylaurens se démasqua à son tour, montrant un visage congestionné, déformé par la colère. Sans un mot, il jeta son équipement de combat et sortit, suivi de son valet et de ses amis. Entraigues caressa l'épée du vainqueur.

– Bel oiseau de fer !

Son regard était soucieux quand il ajouta :

– Tu t'es fait un ennemi mortel.

– Il vaut mieux que cela, grommela Egmont. Je parle de l'escrime. Pour le reste...

Son air méprisant révélait ce qu'il pensait de l'orgueil du courtisan.

– Trop sûr de lui, soupira Ancelin.

– Mais toi, dit Entraigues, admiratif, tu étais déjà excellent. Maintenant, tu es, tu es...

Voyant que son ami ne trouvait pas d'adjectif assez flatteur, Ancelin éclata de rire :

– Diabolique ?

Entraigues rejeta la proposition d'un revers de main.

– Le diable est peut-être habile à la fourche, mais contre toi, à l'épée, il n'a pas la moindre chance !

3

On n'insulte pas un homme qui va mourir

La pluie tombait sur Paris, transformant la butte verte de Sainte-Geneviève en fantôme gris. Ancelin attendait son cousin, Robert de Mauves, qui devait l'introduire auprès du colonel commandant les gendarmes du roi. Le métier de maître d'armes, dans l'ombre d'Egmont, lui avait permis de rembourser ses dettes, de payer son loyer et la pension de son cheval. Cependant, ce n'était qu'une activité provisoire. Il devait trouver un état propre à lui permettre de réaliser son ambition : acquérir des terres, acheter un titre et devenir gentilhomme. Or, sa situation présente était loin de son rêve. Il méritait à peine le titre de chevalier. Se rappeler au souvenir du marquis de Cœuvres aurait froissé son orgueil. Faire appel à son père l'aurait blessé davantage. Restaient les propositions de Robert de Mauves. Auprès du roi, peut-être...

Une heure de retard ! Il injuriait intérieurement son cousin, coutumier des promesses vagues et des rendez-vous manqués, lorsqu'on frappa à sa porte.

« Ce n'est pas trop tôt ! »

Au lieu de Robert, il trouva deux inconnus, élégamment vêtus, leur feutre empanaché à la main.

– Messire Ancelin ?

– C'est moi-même.

Les gentilshommes s'inclinèrent et se présentèrent :

– Pierre de Lionne

– Charles de Richebourg.

– Nous sommes les témoins de Louis de Puylaurens.

Ancelin secoua la tête, mécontent d'être dérangé par deux fâcheux alors qu'il comptait parler avec son cousin de son admission dans la gendarmerie royale.

– Je vous félicite, messieurs. Que puis-je faire pour vous ?

Les visiteurs échangèrent un regard déconcerté.

– Mais... nommer les vôtres.

– Les miens ?

– Vos témoins, oui, dit Lionne, agacé par le flegme d'Ancelin.

– Pour quoi faire ?

Richebourg le dévisagea avec hauteur.

– Pour votre duel.

– Un duel ? Première nouvelle !

– Louis de Puylaurens vous fait l'honneur de vous défier, et vous refuseriez ?

– Je refuse, oui. Je suis pressé. Je n'ai guère de temps à consacrer à ces jeux puérils. Si votre ami veut se battre, qu'il vienne à la salle d'armes, je suis tout disposé à lui accorder une nouvelle leçon. Mais pour l'instant je suis occupé. Un autre jour, peut-être...

Richebourg accorda un regard méprisant à la chambre sommairement meublée et aux vêtements usés d'Ancelin.

– Que peut-on trouver ici en dehors de la crasse et de la lâcheté ?

Maîtrisant mal sa colère, Ancelin leur désigna la porte.

– À présent, mes petits seigneurs, déguerpissez si vous ne voulez pas que je vous jette dehors !

– Vous le paierez cher ! bégaya Richebourg.

– Nous nous reverrons ! menaça Lionne.

– N'y comptez pas !

Ancelin leur claqua la porte au nez.

Son cousin arriva peu après. Plus fortuné qu'Ancelin, c'était un homme d'esprit mais un être léger qui prétendait connaître le monde entier et ne savait que discourir. En sa compagnie, Ancelin passa un moment agréable bien qu'inutile, mais, grâce à lui, il oublia la visite importune et le défi de Puylaurens.

Le lendemain, il n'y pensait plus du tout. Cependant, d'autres y pensaient pour lui. Il sortait du cabaret de la Pomme d'Or, en compagnie d'Entraigues et d'Henriet, lorsqu'un premier individu le bouscula sans s'excuser tandis qu'un deuxième se dressait devant lui, le poing sur la hanche, le manteau rejeté sur l'épaule découvrant une épée au pommeau d'argent.

Ancelin reconnut Louis de Puylaurens.

– Paris est petit, voyez comme on se retrouve ! s'écria le gentilhomme d'un ton prouvant que la rencontre n'était pas fortuite. Ainsi, monsieur, vous refusez de vous battre alors que vous m'avez offensé ?

– En quoi vous ai-je offensé ? demanda Ancelin d'un air ennuyé.

– En cherchant à me ridiculiser devant mes amis.

– Ce n'était qu'une leçon, vous avez payé pour la recevoir, lui fit remarquer Ancelin pour la plus grande joie d'Entraigues et d'Henriet.

– Eh bien, à présent, c'est mon tour de vous en accorder une.

– Je n'en vois pas la nécessité.

– C'est une question d'honneur. Ce mot vous est peut-être familier ?

– Autant qu'il vous est étranger.

– Fort bien, triompha Puylaurens. Nous nous battrons.

Ancelin haussa les épaules d'un air dédaigneux.

– Je ne vois pas ce qui pourrait m'y contraindre.

– Ceci, peut-être ?

En prononçant ces mots, la main du courtisan s'abattit sur le visage d'Ancelin si vivement qu'il ne put esquiver le coup. Le jeune chevalier blêmit et porta la main à son épée en articulant :

– C'est une raison, en effet.

Puylaurens se tourna vers son ami qui n'était autre que Charles de Richebourg.

– Quel effort pour forcer un rustre à relever un défi !

Entraigues s'avança sur lui, menaçant :

– Monsieur n'est pas un roturier comme vous faites semblant de le croire. Il se nomme Ancelin Bussy d'Amboise, et sa lignée vaut bien la vôtre.

– Tant mieux ! Notre duel n'en sera que plus plaisant. Je suppose que vous serez les témoins de monsieur le marquis ?

Il y avait tant d'ironie dans cette adresse qu'Ancelin fut convaincu que le gentilhomme était informé de sa bâtardise. Loin de s'en offusquer, il songea aux propos de Rienzi, son maître vénitien : « Devant la mort, le courage a plus de valeur qu'un titre de noblesse. »

– Je consens à me battre quand vous voudrez, dit-il, à une condition : nos témoins ne mettront pas la main à l'épée.

Puylaurens haussa les épaules.

– Vous les privez sans doute d'un grand plaisir, mais soit, j'y consens. Disons donc après-demain à huit heures au pré de Saint-Victor.

– Comme il vous plaira, répondit Ancelin avec indifférence.

Puylaurens salua. Richebourg l'imita avec un mauvais sourire.

– Je vous avais prédit que nous nous reverrions, monsieur l'homme pressé.

– Allons, vicomte, le tança Puylaurens. On n'insulte pas un homme qui va mourir !

4

Derniers jours au soleil

Ancelin n'arrivait pas à détacher les yeux du corps du gentilhomme étendu dans l'herbe. Il ressentait une réelle tristesse comme s'il s'était agi d'un être cher. Malgré sa vanité et son agressivité, Louis de Puylaurens était un homme courageux. Sa beauté avait ému bien des femmes et il était sans doute promis à un brillant avenir. Une jeunesse gâchée !

– Le plus beau coup d'épée que j'aie jamais vu ! exulta Henriet.

– Le pire ! murmura Ancelin d'un air sombre. Je voulais le blesser, il s'est enferré sur ma lame.

Un chirurgien examinait la fleur rouge dessinée sur la poitrine du blessé. Il lui tâta l'artère du cou, écouta sa respiration, puis se releva en secouant la tête : Puylaurens était mort d'un coup d'épée en plein cœur. Ses témoins s'agenouillèrent en signe de deuil. Des curieux, attirés par le combat, malgré l'heure matinale, lorgnaient le vainqueur avec une curiosité malsaine. Henriet pressa son ami :

– Tu dois fuir !

Ancelin le dévisagea avec fierté.

– Fuir ?

– En Italie, oui, conseilla Entraigues. Retourne à Venise. Là-bas, la justice du roi ne t'atteindra pas. Tu connais les ordonnances sur le duel : sous aucun prétexte on ne peut croiser le fer. Quand la mort de Puylaurens sera connue, on te pendra. Dans le meilleur des cas, le bourreau te tranchera la tête.

– On ne cherchera pas à savoir si c'est lui qui t'a provoqué ou si tu as refusé de te battre. Moi, je pourrai le jurer sur ma vie, mais je ne compte pas, ajouta Henriet d'une voix pressante. Du reste, ses témoins prétendront le contraire pour protéger l'honneur de leur ami. Ils témoigneront d'autant plus volontiers que tu nous as interdit de croiser le fer. Assurés de l'impunité, ils te dénonceront en toute liberté.

Ancelin sourit avec reconnaissance.

– Vos conseils sont avisés. Ils sont dictés par des cœurs généreux. Mais je ne fuirai pas comme un vulgaire bandit. Non, je vais rester à Paris. Si je suis condamné, tant pis : je l'aurai mérité.

Entraigues secoua la tête d'un air accablé.

– Tu n'as aucune indulgence à attendre de Richelieu. N'oublie pas que son frère aîné est mort en duel, il n'y a pas si longtemps. C'est lui qui a fait cette loi, et il l'applique, tu peux me croire !

– Du roi non plus, aucune grâce à espérer, enchaîna Henriet. Il se montre encore plus sévère que Richelieu.

– Ne faites pas ces mines d'enterrement ! s'exclama Ancelin en prenant ses amis par le cou et en les secouant. Avant que ma tête ne dise adieu à mon corps, je vous propose de les contenter l'un et l'autre en buvant à la santé du cardinal. Que diriez-vous du cabaret des Poètes ?

– Je dirais que tu es fou ! grogna Henriet.

– Que c'est une agréable façon de mourir, reconnut Entraigues.

– Le cabaret des Poètes, tu veux parler du *Tricorne* ?

– Si tu préfères.

– Je préfère te trouver une retraite plus discrète.

– Le chambertin du père Lagloire n'a pas son pareil.

– Alors, allons nous soûler à mort, capitula Henriet.

– À propos, dit Entraigues, ton malheureux rival ne te paiera jamais les cent pistoles qu'il te doit.

Ancelin fit un geste fataliste.

– De toute manière, je n'aurais pas eu le temps de les dépenser, pas vrai ?

Henriet lui flanqua une bourrade amicale.

– Tu es fou, Amboise, mais de bonne compagnie !

Entraigues se frappa le front.

– J'allais oublier: j'ai promis à ma sœur d'aller la chercher et de déjeuner avec elle à midi. Je vais lui faire porter un billet...

– Non, allons-y tous ensemble, décida Ancelin. Nous déjeunerons en sa compagnie, ce sera charmant. Mais surtout, pas un mot à Louise de ce qui vient de se passer: elle se mettrait à pleurer et gâterait notre chambertin!

– Soit, soupira Entraigues. Elle aura bien le temps d'être malheureuse quand le bourreau aura rempli son office. Louise est amoureuse de toi, c'est la première fois que je le regrette.

– Le bourreau des œuvres décapitant le bourreau des cœurs! plaisanta Henriet.

– Très drôle! gronda Entraigues. Décidément, Henri, tu as plus d'humour à toi seul que tous les beaux esprits de la cour.

Henriet lui lança un regard malheureux.

– Si on ne peut plus plaisanter avec la mort, alors...

Deux heures plus tard, ils trouvèrent Louise devant le petit palais du Luxembourg. Elle était en conversation galante avec l'un des gardes du corps de la reine mère, Marie de Médicis. Ancelin interrompit leur tête-à-tête, prit la main de la jeune fille et l'emmena sans un mot, au grand déplaisir du soldat.

– L'estafier t'a embroché du regard ! pouffa Henriet.

– J'ignorais que tu avais un amoureux, dit Entraigues à sa sœur.

Louise haussa les épaules.

– Il est seul à le croire.

– Seul... Ta beauté doit faire tourner bien des têtes, la taquina Ancelin.

– Pas celle que je voudrais, répliqua la jeune fille en libérant sa main.

Ancelin se mit à rire de bon cœur. Il voyait toujours en Louise la fillette qu'il chérissait tendrement depuis des années, qu'il protégeait à l'occasion, une jeune sœur, douce et amusante. « Du reste, pensa-t-il, que lui offrir quand je n'ai plus que quelques jours à vivre ? » Il allait la complimenter pour son col de dentelle et sa robe bleue qui lui allait à ravir lorsque Soubise les rejoignit en courant. Il apostropha Ancelin :

– Tu n'as pas perdu de temps !

Comprenant qu'il faisait allusion au combat, Henriet tenta de l'entraîner à l'écart pour le faire taire. Cependant, il en fallait davantage pour clore le bec du colosse.

– Ce duel, c'était donc toi !

– Quel duel ? fit Ancelin négligemment.

– Nous allons au *Tricorne*, viens avec nous, proposa Entraigues en prenant le bras du bavard.

– Fêter ta victoire ? demanda Soubise malgré les signes éloquents que lui adressait Henriet.

– Un duel ? s'inquiéta Louise. Tu t'es battu ?

– Une simple querelle, la rassura Ancelin.

– Une querelle fatale, ajouta Soubise, intraitable. Le bruit court que Louis de Puylaurens est mort. Tu es venu faire la guerre à Paris ?

– La guerre aux sots ! l'interrompit Entraigues. Puylaurens était une tête brûlée !

– Si on devait exterminer tous les téméraires..., grommela Soubise.

Louise, très pâle, prit le bras d'Ancelin.

– Mais alors... tu vas repartir ?

– Pas question, murmura le jeune chevalier. Ne parlons plus de ça. Ne gâchons pas notre plaisir. Voici le cabaret des Poètes.

L'établissement était surnommé ainsi à cause de son jardin envahi de lilas et de glycines qui embaumaient à la belle saison.

– Si tu veux, je partirai avec toi, chuchota Louise.

– Que diraient tes parents ?

– Que j'ai eu raison.

Ancelin secoua la tête en riant.

– Ce sont eux qui me couperaient la tête !

– Ne dis pas ça, supplia Louise.

– Et la reine Marie, qui l'habillerait ? Ce doit être une entreprise pharaonique de vêtir ce monument !

Son impertinence lui valut un sourire.

– Là, c'est mieux, approuva-t-il en lui caressant la joue.

Il l'entraîna à l'intérieur du cabaret.

– Je vous invite ! s'écria le Pacha.

– Aujourd'hui, c'est moi ! intervint Ancelin. Il paraît que ton chambertin n'est plus ce qu'il était ?

Ces derniers mots s'adressaient au patron qui fit signe à une servante.

– Trois flacons pour ces jeunes seigneurs.

– Trois pour commencer, dit le Pacha. Et des pâtés de chevreuil.

– Que fêtez-vous ? demanda naïvement le cabaretier.

Sa question se perdit dans les rires de nouveaux venus : Orphée à la tête d'une joyeuse bande. Aussitôt, il ne fut question que du duel, et Ancelin fit figure de héros malgré lui. Aurore, Marion et leurs amies l'entourèrent au grand dépit de Louise.

Puis Orphée se mit à chanter en s'accompagnant à la guitare. L'assemblée joyeuse devint bientôt mélancolique.

– Si nous dansions ? proposa Soubise pour détendre l'atmosphère.

– Tu danses comme un ours ! lança Aurore au milieu des rires.

Ils poussaient les tables contre les murs lorsque deux gardes du cardinal, un sergent et un capitaine, entrèrent dans la salle.

– Ancelin d'Amboise est-il là ? demanda l'un des soldats.

– Ils n'ont pas perdu de temps, constata Ancelin, le cœur serré.

– Amboise est en Italie ! cria Henriet.

Entraigues s'avança au-devant des gardes.

– Qui le demande ?

– Nous sommes ici au service du roi, répondit le capitaine.

– Écartant ses compagnons, Ancelin se présenta :

– Bussy d'Amboise.

Le capitaine se nomma à son tour :

– Nicolas d'Aubray. Monsieur, je vous saurais gré de m'accompagner.

Ancelin sentit la main de Louise serrer la sienne. L'émotion la faisait trembler.

Il la poussa dans les bras de son frère et lui sourit.

– N'aie pas peur, je t'écrirai bientôt.

Il se tourna vers l'officier et lui remit son épée.

– Monsieur, je suis à vos ordres.

5

L'homme rouge

Ancelin fut étonné de découvrir un carrosse à la porte du cabaret. Sa surprise fut encore plus grande lorsque le capitaine l'invita à monter à l'intérieur du véhicule, qui était noir et fermé. Après un dernier regard vers ses amis qui l'observaient en silence devant la porte du *Tricorne*, il s'exécuta. Tandis que le sergent s'installait à côté du cocher, le capitaine prit place à l'intérieur, face à Ancelin.

Aussitôt, le carrosse se mit en route. « Voilà bien des égards pour un gibier de potence ! » se dit le prisonnier.

Des toiles voilaient les fenêtres. Ancelin les écarta pour admirer une dernière fois Paris qu'il ne reverrait plus. Le temps était radieux. Une foule de marchands, d'étudiants et de jeunes filles en robe claire se pressaient dans les rues. Ancelin revit les lèvres tremblantes et les yeux remplis de larmes de Louise, et il pensa avec mélancolie qu'il n'aurait pu imaginer de plus bel adieu. Mais c'était dans l'ordre des choses. Depuis la fin de la guerre et sa conduite héroïque, le sort, qui l'avait d'abord favorisé, semblait s'acharner contre lui : les fausses promesses du marquis de Cœuvres, l'indifférence de son père, la déception de Venise, et, pour finir, ce duel et sa fin tragique qu'il n'avait pas cherchés.

Le capitaine ne songeait pas à l'empêcher de pencher la tête hors du carrosse. « La dernière joie du condamné », se dit Ancelin avec un fond d'amertume. Cependant, une nouvelle surprise l'attendait : au lieu de rouler vers l'est et Vincennes, ou de franchir la Seine pour gagner la Bastille, les deux prisons du roi, le carrosse gagna le Luxembourg avant de s'engager dans la rue de Tournon. Quelques instants plus tard, il s'immobilisa. Le capitaine ouvrit la portière et pria son prisonnier de descendre.

Ancelin se retrouva devant un petit hôtel particulier gardé par deux soldats en casaque grise. Précédé du capitaine, il franchit le porche, gravit un escalier, parcourut un couloir orné de tapis qui étouffaient leurs pas, et aboutit dans une antichambre où on lui ordonna de patienter. Le capitaine salua comme s'il avait accompli sa mission et repartit. Ancelin comprit qu'il allait rencontrer Richelieu ou l'un de ses fidèles.

« N'est-ce pas assez de me condamner ? Il veut encore me faire la leçon ! » songea-t-il, impatienté. Cependant, en présence de ceux qui attendaient et le considéraient avec curiosité, il affecta l'indifférence. Il était monté bien des fois à l'assaut sous le feu ennemi, il ne tremblerait pas !

Au bout de trois quarts d'heure, lorsqu'il se retrouva seul, il crut qu'on voulait l'éprouver et il resta impassible. Enfin, un serviteur lui fit signe.

– Monsieur Ancelin d'Amboise.

Le ton était cérémonieux. Une fois encore, ces égards lui parurent curieux, mais il eut à peine le temps de s'interroger qu'on l'introduisit dans un bureau de modestes dimensions. Malgré la saison clémente, un feu brûlait dans une cheminée. Derrière une table de travail encombrée de documents et éclairée par deux énormes cierges, un homme vêtu d'une robe rouge écrivait : c'était Richelieu.

Le cardinal avait un visage maigre, dont la pâleur contrastait avec une chevelure et une petite barbe très noires. Son nez était gros et ses lèvres minces réduites à une cicatrice. Il ne leva pas la tête pour accueillir son visiteur. On aurait dit qu'il n'avait pas remarqué sa présence. Ancelin entendait la plume grincer sur le document que rédigeait le ministre. « Mon arrêt de mort », pensa-t-il avec une ironie douloureuse. Il croisa les bras et attendit, impassible, le bon vouloir du cardinal.

La cloche d'une église voisine sonna quatre coups. Comme au signal, Richelieu déposa enfin sa plume, saupoudra l'encre à l'aide d'une salière d'argent, la secoua, puis leva la tête. Ancelin fut frappé par la pénétration de ses yeux noirs qu'on aurait dit fiévreux.

– Monsieur, connaissez-vous l'ordonnance du 6 février 1626 ?

La voix sévère était bien timbrée comme il convenait à un homme de grande éloquence.

– Non, monseigneur, répondit Ancelin avec déférence. Je me trouvais alors en Italie où j'avais l'honneur de combattre dans les armées de Louis XIII.

– Eh bien, cette ordonnance fait défense aux sujets de Sa Majesté de disposer de leur vie qui appartient au roi de France. Autrement dit, les duels sont interdits dans ce royaume, sous peine de mort. Or, ce matin, selon mes renseignements, vous avez enfreint cette loi souveraine en tuant Louis de Puylaurens.

Ancelin s'inclina :

– C'est vrai, monseigneur. Une affaire d'honneur.

– L'honneur ! s'emporta Richelieu. Apprenez, monsieur, que l'honneur consiste d'abord à obéir au roi.

Le ministre se leva. Ancelin, qui l'avait aperçu naguère au Louvre dans l'ombre du souverain, fut frappé par sa haute taille et son allure aristocratique.

– Je suis prêt à payer le prix de ma désobéissance, déclara le jeune chevalier d'une voix froide.

Richelieu balaya l'argument d'un geste impérieux. Puis il reprit d'un ton radouci :

– On m'a rapporté que vous vous étiez conduit avec courage lors de la reconquête de la Valteline. Le marquis de Cœuvres lui-même, avare de compliments dès lors qu'il ne s'agit pas de sa propre gloire, rend hommage à votre héroïsme. Dommage que cette vaillance n'ait pas été mieux employée en temps de paix.

Il demeura un long moment silencieux tandis qu'Ancelin s'impatientait : « La hache ou la corde ? Que m'importe. Finissons-en ! »

– En toute justice, vous devriez être condamné, finit par dire Richelieu. Mais, dans ces conditions, votre mort ne servirait pas le roi. En effet, votre nom est trop obscur pour servir d'exemple aux gentilshommes qui bravent les ordonnances, et elle priverait le royaume d'une de ses meilleures lames. Aussi ai-je résolu de vous proposer l'alternative entre une mort déshonorante et une mort héroïque, aussi anonymes l'une que l'autre d'ailleurs. En un mot, voulez-vous offrir votre vie au roi au lieu de la perdre sans profit pour l'État ?

Ancelin, qui ne voyait pas où voulait en venir le ministre, se força à sourire.

– Poser la question, c'est y répondre, monseigneur. Je suis plus que jamais au service de Sa Majesté.

Richelieu contourna sa table de travail pour se rapprocher de son visiteur.

– Quand je parle d'offrir votre vie, ce n'est pas une figure de style. Il s'agit de vous confier des missions dangereuses où vous aurez toutes les chances, ou les malchances, de mourir.

– Ce détail ne modifie en rien ma réponse, monseigneur, répondit Ancelin bravement. J'obéirai au roi jusqu'à la mort.

Le cardinal inclina la tête avec satisfaction devant l'ardeur du jeune chevalier.

– Je n'en attendais pas moins de votre courage. Mais entendez-moi jusqu'au bout. Pour accomplir les missions que nous allons vous confier, vous serez seul, toujours seul, et ne pourrez réclamer l'aide de personne. Nul ne devra savoir que vous agissez en mon nom.

– Des missions secrètes ?

– Très secrètes. Vous aurez à surveiller des personnages éminents et me rendre compte de leurs agissements.

– Un travail d'espion, conclut Ancelin avec réticence.

Le cardinal haussa les épaules.

– Donnez-lui le nom qu'il vous plaira, mais sachez qu'il n'est jamais déshonorant de servir son roi. Puis-je compter sur vous ?

– Oui, monseigneur, dit Ancelin sans hésiter.

Richelieu s'autorisa un sourire étroit.

– Bien ! Autre chose : nul ne devra être informé de vos activités. Je dis bien : personne. Le mot ne souffre pas d'exception. Il y va d'ailleurs de votre salut, car les ennemis du roi sont nombreux et sans pitié.

– Sans pitié, répéta Ancelin.

Le ministre revint à son bureau et se remit à écrire. Lorsqu'il eut terminé, il agita une clochette. Un secrétaire parut aussitôt.

– Je vous présente Aubertin, mon homme de confiance. À compter de ce jour, c'est lui qui vous transmettra mes instructions.

Il tendit le document.

– Ceci est une lettre de grâce. Si l'on vous demande par quel privilège vous l'avez obtenue, vous répondrez que votre père a plaidé votre cause avec tant d'éloquence que le roi a cédé.

– Mon père ! s'exclama Ancelin.

– Le marquis a joué son rôle, n'en doutez pas. Cependant, il est superflu de le remercier, ajouta Richelieu avec cynisme.

Il s'adressa à Aubertin :

– Quoi d'autre, pour l'instant ?

Le secrétaire désigna une bourse de cuir.

– Oui, dit Richelieu. Je sais que vous n’êtes pas riche. Si vous me servez fidèlement, vous ne tarderez pas à le devenir. En attendant, ces cent écus vous aideront à vous équiper. Sauf exception, dorénavant, vous rendrez compte de vos missions à Aubertin.

Après avoir apposé son sceau sur la lettre, il la remit à Ancelin en ajoutant avec une chaleur inattendue :

– Allez, et que Dieu vous garde.

6

L'écharpe bleue

«Le messager portera une écharpe bleue», avait précisé Aubertin. La mission d'Ancelin consistait à intercepter le courrier, par n'importe quel moyen, en dehors des limites de la ville, sur l'une des routes du sud, celle d'Arcueil ou celle de Gagny.

Nanti de ces instructions, Ancelin surveillait la petite porte du Louvre qui devait livrer passage au messager. Il avait laissé son cheval à deux cents mètres de là, sous la surveillance d'un étudiant auquel il avait promis quelques pistoles. Lui-même se dissimulait dans l'ombre d'un porche, car la pleine lune éclairait les berges de la Seine. Il releva le col de son manteau pour résister à la brume glacée qui montait du fleuve. Depuis quand attendait-il ? Plus d'une heure, deux, peut-être. La cloche de l'église Saint-Germain-l'Auxerrois avait sonné la demie depuis longtemps. Il commençait à se demander si les renseignements d'Aubertin étaient exacts quand les événements se précipitèrent subitement.

Il entendit d'abord un carrosse descendre la rue du Petit-Bourbon qui traversait les jardins du palais. Presque aussitôt, le portail du Louvre s'ouvrit. Une lanterne parut, révélant une mince silhouette. Elle resta immobile, laissant le véhicule ralentir et s'arrêter, puis elle courut vers lui. Ancelin vit flotter l'écharpe bleue. C'était bien le messager. Une portière s'ouvrit. La silhouette se glissa à l'intérieur tandis qu'Ancelin se hâtait vers la ruelle où il avait laissé sa monture.

Il bondit en selle et entama la poursuite. À quelques centaines de mètres, le carrosse passait sous l'arche Bourbon. Il franchit lentement le chantier encombré de pierres et de madriers destinés à l'agrandissement du Louvre. Ensuite, il longea la rive et tourna à droite sur le Pont-Neuf. Après avoir franchi la Seine, il se dirigea vers l'est.

Ancelin s'était vêtu entièrement de noir. Il restait à distance pour éviter d'être repéré. Il se félicita de sa prudence en voyant deux cavaliers, surgis de la rue de la Harpe, encadrer le carrosse. Ces hommes avaient une allure militaire. Ancelin vérifia son équipement : une solide épée, une dague et deux pistolets d'arçon. En caressant ses armes, il retrouvait l'excitation qu'il ressentait avant d'affronter l'ennemi devant les places fortes de la Valteline.

Lorsque l'escorte eut rejoint le carrosse, le cocher fouetta ses chevaux. À cette heure de la nuit, les voies dégagées permettaient de rouler à vive allure. Le véhicule ralentit à peine en tournant dans la rue Saint-Jacques, malgré la pente.

Ancelin entendait les claquements du fouet et les cris du cocher encourageant l'attelage. Au bout de dix minutes, un chemin de terre succéda à la rue pavée. Le bruit des roues était moins sonore. Les ornières secouaient la voiture. Les maisons s'espacèrent pour laisser place à des champs de vignes et des vergers enclos de murets. Le carrosse poursuivait sa route vers le sud: «la route d'Espagne», avait précisé Aubertin.

Ils dépassèrent l'enceinte de l'abbaye de Notre-Dame-des-Champs et se dirigèrent ensuite vers le village de Montrouge. La route était déserte. Ancelin se demandait à quel moment il allait attaquer lorsque l'un des cavaliers de l'escorte, remarquant qu'ils étaient suivis, décida à sa place en faisant une brusque volte-face. Voyant qu'il piquait sur lui, Ancelin retint sa monture. Son adversaire pointa un pistolet et demanda avec un accent étranger:

– Que voulez-vous, monsieur?

– Voyager en paix, tout comme vous, sans doute, répondit Ancelin sans se troubler.

– Dans ce cas, passez au large!

– Il n'y a qu'une route pour aller à Arcueil, où l'on m'attend. Or, vous me retardez, monsieur, répliqua Ancelin qui avait préparé sa réponse.

En disant cela, il talonna sa monture qui heurta le cheval de son adversaire. Surpris, le cavalier voulut tirer. Cependant, son cheval se cabra, si bien que le coup se perdit. Ancelin avait dégainé son épée. Il tailla le cou du cavalier qui bascula de sa selle et tomba lourdement dans le fossé.

Sans s'attarder, Ancelin continua sa poursuite au galop. La détonation avait dû alerter le messager. À présent, le carrosse roulait à une folle allure au risque de basculer dans le fossé, car des nuages masquaient la lune et la route était sombre. Ancelin gagnait sur lui. Il allait l'atteindre lorsque le deuxième cavalier surgit brusquement d'un chemin de traverse où il se tenait en embuscade.

L'homme était lancé. Les chevaux allaient de flanc. Ancelin distingua une épée. Il se courba instinctivement et sentit la lame le frapper au milieu du dos. Le coup était rude, bien qu'amorti par le manteau et un pourpoint de buffle. Il retint son cheval, se laissant distancer, puis il talonna la bête qui connaissait la manœuvre, expérimentée sur le champ de bataille.

Les deux chevaux se heurtèrent. Le cavalier ennemi voulut frapper une deuxième fois. Plus prompt, Ancelin lui passa sa lame au travers du corps.

Sans perdre de temps, il abandonna son adversaire couché sur sa selle et reprit la poursuite. Le carrosse avait disparu. Ancelin s'élança au galop, malgré l'obscurité. Au bout de quelques minutes, il entendit le bruit des roues et le souffle des bêtes. Puis, à un détour de la route, il distingua la voiture. Il força encore l'allure. Par chance, le chemin s'élargissait à cet endroit. Il dépassait le carrosse quand, par la fenêtre de la portière, il vit luire une flamme. Il eut à peine le temps de se pencher. La balle le frôla.

Furieux, il remonta à la hauteur de l'attelage, se dressa sur ses étriers et, laissant filer sa monture, il se hissa sur le banc de guide, malgré le robuste cocher qui tenait les brides d'une main et, de l'autre, harcelait son ennemi avec le manche de son fouet.

Ancelin assomma l'homme d'un plat de lame sur la nuque, ensuite, saisissant les rênes, il retint les chevaux. Le carrosse s'immobilisa au bout d'une centaine de mètres. Après avoir serré le frein, Ancelin descendit et, l'épée à la main, s'approcha avec précaution de la portière d'où était partie la détonation.

Avant d'ouvrir, il se masqua le visage comme on le lui avait recommandé. Il s'attendait à un nouveau coup de pistolet ou à une botte perfide ; il ne trouva ni l'un ni l'autre. Une lanterne éclairait l'intérieur du carrosse, joliment capitonné. Un pistolet gisait par terre ; l'écharpe bleue reposait sur le siège.

Au lieu d'un homme, Ancelin, surpris, se trouva face à une femme : un visage voilé, des cheveux blonds, une robe élégante révélée par l'ouverture d'un manteau gris.

– Eh bien, monsieur le brigand, qu'attendez-vous ? Prenez ma bourse puisque vous avez tué mes gens pour la voler. C'est tout ce que j'ai. Voyez, je ne porte pas de bijoux !

La voix était jeune et hautaine. En disant cela, la femme jeta une bourse sur le sol.

– Vous vous méprenez, madame. Je suis ici au nom du roi.

– Avec un masque et une épée souillée de sang innocent ?

– Votre or ne m'intéresse pas. Remettez-moi de bon gré le courrier que vous transportez et vous pourrez poursuivre votre voyage librement.

La femme serra contre elle un beau portefeuille de cuir damasquiné.

– Vous n'oseriez pas ! s'écria-t-elle. Ces papiers sont la propriété de la reine de France !

– Ne m'obligez pas à utiliser la force, pria Ancelin.

Il saisit le portefeuille.

– Prenez donc, dit la femme avec désespoir. Vous êtes armé, et je ne le suis pas.

Ancelin allait se retirer avec son butin quand il lui sembla qu'on lui avait livré le courrier de la reine avec trop de facilité. Cette résignation ne correspondait guère à la volonté farouche que la jeune femme avait manifestée au premier abord. Il devina qu'elle tentait de le berner. Aussitôt, il remit son épée au fourreau et salua la messagère.

– Pardonnez ma brutalité, madame, dit-il. Je suis un soldat. Comme tel, je suis contraint d'obéir aux ordres du roi.

Aussitôt, il bondit sur la messagère et, malgré sa résistance, écarta son manteau et retira une lettre de son corsage. Comme il s'y attendait, le papier portait le sceau d'Anne d'Autriche.

– Vous paierez cher cet outrage ! s'emporta la femme.

– Je transmettrai votre protestation au roi, répliqua Ancelin en riant.

Il ouvrit la portière. Son cheval était là. Ancelin bondit en selle, serrant les précieux documents qui lui avaient valu deux duels, une poursuite folle et une action dont il avait vaguement honte. Le métier d'espion était en contradiction avec l'esprit chevaleresque qu'il avait manifesté jusqu'à ce jour. Pour se consoler, il se persuada qu'il menait une nouvelle guerre sous les ordres du cardinal.

7

Messire d'Amboise

Aubertin retint Ancelin au moment où, épuisé par sa longue nuit sans sommeil, il rêvait de regagner son logis. Il s'était présenté rue de Tournon aux premières lueurs de l'aube après avoir fait une partie du chemin d'Arcueil à pied pour ménager son cheval qui boitait. Ensuite, il avait dû attendre le bon plaisir du cardinal occupé à sa toilette.

– Monseigneur va vous recevoir.

«Une nouvelle mission?» songea Ancelin avec contrariété. Cependant, il n'eut pas le temps de regretter son sommeil sacrifié: le secrétaire l'introduisit dans le bureau où il avait été admis huit jours auparavant.

Richelieu, en robe de chambre de velours cramoisi, était assis au coin du feu. Il désigna un siège à son visiteur.

– Prenez place, messire d'Amboise.

L'invitation fit tressaillir Ancelin. Le ton du ministre était charmeur, et le titre auquel il n'avait pas droit, selon les lois nobiliaires, bien qu'il fût son nom de guerre, sonnait comme une promesse. «Ma mission est donc un succès», pensa-t-il.

À présent, le cardinal regardait les flammes d'un air pensif. Au bout d'un long moment, il livra sur le ton de la confidence :

– La reine de France est jeune et impulsive. Elle pratique sans le savoir un jeu dangereux. Savez-vous ce que contient la lettre que vous avez interceptée ?

– Non, monseigneur.

– C'est un courrier adressé au roi d'Espagne, dans lequel la reine informe son frère de nos projets diplomatiques. Une lettre inconsidérée qui, de toute autre personne, serait une trahison.

– N'avons-nous pas fait la paix avec l'Espagne ? s'étonna Ancelin.

Le cardinal tendit les mains vers le feu pour les réchauffer, de belles mains aux longs doigts nerveux.

– La paix n'est pas une alliance, dit-il. Du reste, les alliances sont souvent des leurres. Les seuls alliés du roi sont les gens tels que vous.

– Vous me flattez, monseigneur, murmura Ancelin.

Richelieu tourna vers lui son regard d'aigle.

– Ce n'était pas mon intention. Votre cœur est loyal et votre dévouement fondé sur l'honneur plus que sur l'intérêt. Je l'ai compris dès que je vous ai vu. Je suis environné d'ennemis, et mes ennemis sont aussi ceux du roi. J'ai besoin de serviteurs de confiance...

Ses yeux s'éteignirent. Il porta la main à son front. Cette faiblesse fut fugitive. Presque aussitôt il redevint lui-même.

– Parlez-moi de votre expédition.

– Le courrier était protégé par deux gardes du corps. J'ai dû les... neutraliser.

Le cardinal approuva l'exécution d'un mouvement de tête, rappelant qu'il avait été homme de guerre avant d'être homme d'Église.

– Et le courrier ?

– Une femme, monseigneur.

– Belle ?

– Elle était masquée.

– La beauté se devine autant qu'elle se voit.

Les yeux perçants du ministre brillaient d'une lueur ironique. Ancelin précisa avec une indifférence affectée :

– Blonde, jeune, grande allure, une aristocrate. J'ai dû employer la force, ajouta-t-il avec regret.

– Angélique de Beaulieu, dit Richelieu. Elle est toute dévouée à la reine et à la Chevrette. Savez-vous qui est la Chevrette, monsieur d'Amboise ?

– Non, monseigneur.

– Marie de Rohan, duchesse de Chevreuse, la meilleure amie de Sa Majesté la reine, du moins elle le prétend. Chez elle, l'ambition passe avant l'amitié. Elle a pris la place des Espagnoles intrigantes que

Louis XIII a renvoyées dans leur pays. Je ne pense pas que nous ayons gagné au change : la duchesse est intelligente, téméraire et sans scrupules. Quant à Angélique de Beaulieu, elle subit son influence. Sa famille, alliée aux Montmorency, est d'ancienne noblesse. Elle a dix-huit ans et elle est fort belle. Dommage pour vous.

Cette considération était si étonnante de la part du cardinal qu'Ancelin ne put s'empêcher d'en demander la raison.

– Je crois qu'il vaut mieux être l'ami des jolies femmes. N'êtes-vous pas de mon avis ? La beauté est une arme quand on sait s'en servir. Vous a-t-elle remarqué ?

– J'étais masqué, monseigneur.

– Elle aussi, m'avez-vous dit. Pourtant, je gage que vous la reconnaîtriez sans peine.

– J'ai l'avantage de connaître son nom, elle ignore le mien.

– À ce propos, dit Richelieu, il faudra vous en trouver un, un vrai, autrement dit noble et authentique.

Les noms inventés sont très vite éventés. En attendant, vous allez changer de logis et d'apparence. Aubertin vous remettra le nécessaire pour ressembler à ce que vous devez être : un gentilhomme.

Ancelin se raidit.

– Est-ce une question d'argent ?

– Aux yeux de la cour, hélas.

– Et comment justifier ce changement de fortune, monseigneur ?

– La largesse soudaine de monsieur votre père.

– Qui le croira ? dit Ancelin avec amertume.

– Tout le monde, faites-moi confiance. Je me suis entretenu avec le marquis.

Sans plus d'explications, Richelieu se leva, alla vers sa table de travail et agita sa clochette. Aubertin entra aussitôt comme s'il avait attendu le signal derrière la porte.

– Raccompagnez le chevalier.

Soudain, Ancelin avait cessé d'être M. d'Amboise et d'intéresser le ministre, absorbé dans ses dossiers.

– Par ici, dit le secrétaire.

Il guida Ancelin vers une galerie, dont un panneau mobile donnait sur un escalier dérobé en commentant :

– L'antichambre de monseigneur est comble.

Ancelin se souvint qu'il était un espion condamné à l'anonymat. Avant de lui dire adieu, Aubertin lui remit une nouvelle bourse, plus généreuse que la première. Le cardinal savait susciter le dévouement plus encore par son charme indéniable que par sa générosité. « Un grand seigneur », pensa Ancelin qui en avait longtemps douté.

– Je vous transmettrai les ordres du cardinal, promit le secrétaire. Si vous changez d'adresse, avertissez-moi.

Au bas de l'escalier, une porte ouvrait sur l'impasse du Marché-aux-Chevaux. À son extrémité, Ancelin déboucha sur la rue de Condé, déjà très animée, et se perdit au milieu de la foule. Curieusement, il n'avait plus sommeil.

8

Angélique

La demeure du maréchal d'Ornano, vaste et glacée, avec ses voûtes et ses dallages de pierre brune, ressemblait davantage à une caserne qu'à un hôtel seigneurial. Son atmosphère était si sombre que les lustres et les candélabres devaient être allumés même en plein jour. Pourtant, le maréchal menait grand train. Une armée de serviteurs s'activait autour de lui avec une discipline toute militaire et les visiteurs de haut rang étaient nombreux.

– Viens voir la salle d'armes, proposa Roland d'Espagnac.

Ancelin était là sur l'ordre de Richelieu. Sa mission : s'introduire dans la maison, observer avec attention et rapporter au cardinal tout ce qui s'y passait. Le maréchal, précepteur de Gaston, le jeune frère de Louis XIII, était soupçonné d'entretenir des liens avec les ennemis du roi. L'entreprise était difficile, mais pour la mener à bien, Ancelin avait deux avantages : premièrement Roland d'Espagnac, homme de confiance du maréchal, était son ami d'enfance. Deuxièmement, Jean-Baptiste d'Ornano avait besoin d'un maître d'armes.

Les deux amis entrèrent dans une salle de belles dimensions ouvrant sur un jardin par quatre portes-fenêtres. La pièce, la plus agréable de l'hôtel d'Ornano, illustrait la passion du maréchal pour l'escrime. Militaire, commandant de la garde corse, d'Ornano passait pour un bretteur de première force.

– Je t'ai chaleureusement recommandé, dit Roland, tandis qu'Ancelin admirait la collection d'armes, exposée contre une longue galerie de bois noir qui mettait en valeur la blancheur des lames.

Bien sûr, tu devras faire tes preuves, simple formalité : comment oublier ton adresse ? Le précédent maître d'armes s'est retiré dans sa Bourgogne natale : il était trop vieux.

– Et celui-ci bien jeune ! dit une voix puissante.

Un homme se penchait au sommet de l'escalier qui menait des appartements à la salle d'armes. Il était petit, brun, robuste et d'une laideur repoussante. Son habit de soie et son jabot de dentelle paraissaient déplacés sur son corps de rustre, voué au cuir de buffle et à l'acier des cuirasses.

Roland d'Espagnac s'inclina.

– Monseigneur d'Ornano.

Ancelin l'imita.

– Très honoré de vous rencontrer, monseigneur.

Le maréchal descendit pesamment et grimaça un sourire qui le rendit encore plus laid.

– Je vois que vous avez choisi une arme.

Ancelin, qui avait décroché une épée pour étudier son équilibre, répliqua :

– C'est elle qui m'a choisi, monseigneur.

Le maréchal l'empêcha de la remettre à sa place.

– Une bonne lame, voyons l'usage que vous en faites.

Il saisit lui-même une épée et se plaça au centre de la salle en disant :

– Quand vous voudrez.

Ancelin le rejoignit et salua :

– Je suis à vos ordres !

D'Ornano était rapide et doué d'une force peu commune. Sa technique était excellente, mais très académique ; elle manquait d'imagination. Ancelin n'eut aucune peine à contenir ses assauts et à parer ses bottes. Pendant quelques minutes, il se borna à un jeu défensif, puis il attaqua. Un éclair : sa lame menaça le front de son adversaire avant de se retirer. Trois fois de suite, il répéta le même mouvement après avoir contré les attaques du maréchal.

Avec un grognement de satisfaction, d'Ornano mit un terme à l'exercice.

– Beau métier, apprécia-t-il en remettant sa lame à sa place. Qui vous a formé ?

Ancelin énuméra ses maîtres. À l'énoncé de Rienzi, le maréchal hocha la tête. Le Vénitien avait la réputation de n'accepter pour élèves que les meilleurs épéistes d'Europe.

– Considérez-vous comme engagé, dit-il. Cent écus par mois vous conviennent-ils ?

Ancelin inclina la tête. Le maréchal lui offrait plus que ce qu'il comptait réclamer. « Un personnage antipathique mais généreux », conclut-il. En réalité, le guerrier, devenu riche, se donnait des manières de grand seigneur.

Il disparut aussitôt sans un adieu. Roland proposa à Ancelin de loger comme lui dans un des nombreux appartements de la demeure, mais il déclina l'invitation : son nouveau logis de la rue des Prouvaires, derrière l'église Saint-Eustache, était proche de l'hôtel d'Ornano, et surtout, il devait conserver son indépendance pour communiquer en secret avec Richelieu. De plus, l'appartement était agréable : trois pièces ensoleillées au troisième et dernier étage d'une maison bourgeoise où il pouvait recevoir ses amis.

Les jours suivants, il assura sa fonction, du matin au soir, à la satisfaction du maréchal qui le présentait à ses invités avec la même fierté que s'il avait fait l'acquisition d'une œuvre d'art ou d'un cheval de race.

D'Ornano s'entraînait une heure par jour, de préférence à l'aube. Ancelin lui enseignait certaines bottes, les plus élégantes. Son élève les assimilait avec une réelle facilité. Cependant, il était trop statique : l'escrime était un art de finesse et d'agilité, qualités étrangères au maréchal.

Ancelin prenait davantage de plaisir à tirer l'épée avec les jeunes gens familiers de l'hôtel. Il leur prodiguait ses conseils, rectifiait leurs défauts, leur prescrivait des exercices. Certains d'entre eux étaient doués. Ils admiraient la virtuosité et la patience du nouveau maître. Sa réputation se répandait.

Un matin, quatre semaines après son entrée en fonction, le maréchal survint accompagné d'un seigneur qui se présenta sous le nom d'Henri de Talleyrand, comte de Chalais. Ancelin avait entendu parler du gentilhomme, maître de la garde-robe du roi, l'un des courtisans les plus brillants du royaume.

– Je pense que vous allez trouver un adversaire digne de vous, lança le maréchal avec l'accent corse qu'il exagérait dans ses moments d'enthousiasme.

Ancelin se demanda s'il s'adressait ainsi à lui ou à son invité. Il s'inclina comme si le compliment était destiné à Talleyrand.

Le comte était d'un naturel agréable. En plus de sa beauté et de sa distinction, il manifestait une courtoisie parfaite. « Un adversaire à ma taille », songea Ancelin. Cette promesse ne le surprenait pas : Henri de Talleyrand avait tué en duel le comte de Pontgibaud, l'un des meilleurs bretteurs du royaume.

Les deux hommes s'équipèrent d'un plastron et d'un masque, puis choisirent chacun un fleuret moucheté. Le maréchal donna lui-même le signal du duel, ce qui, de sa part, était une marque de considération.

Dès le premier échange, Ancelin comprit que son adversaire était de première force. Après avoir été touché une première fois par surprise, il étudia la technique de Talleyrand, résista à ses assauts et fit appel à toute sa science pour prendre l'ascendant sur lui. Il y réussit au-delà de ses prévisions en le touchant à son tour à quatre reprises, démontrant sa supériorité.

Des applaudissements saluèrent sa quatrième victoire. Les deux hommes cessèrent le combat et se démasquèrent. Ils découvrirent avec surprise quatre dames qui venaient d'assister au duel. Ils s'inclinèrent avec courtoisie.

– Je n'espérais pas avoir des témoins de ma défaite aussi charmants ! lança Talleyrand en riant de bon cœur.

Il salua son vainqueur :

– Monsieur, je n'avais jamais éprouvé autant de plaisir à tirer l'épée.

– Moi non plus, monsieur le comte, répliqua Ancelin.

– Henri, dit Talleyrand en lui offrant une main qu'Ancelin serra avec chaleur.

– Quelle douceur, chez ces spadassins ! plaisanta l'une des dames, vêtue de soie et ornée de bijoux comme si elle allait se présenter à la cour. Sont-ce bien les mêmes qui ont égorgé leurs rivaux au Pré-aux-Clercs ?

– Les tigres sont changés en agneaux, confirma la plus jeune de ses compagnes, une blonde aux yeux bleus tout habillée de blanc.

– C'est que nous voulions ménager votre sensibilité, madame, assura Talleyrand en se débarrassant de son équipement.

– Ma chère Angélique, voyez comme il ment bien, soupira la grande dame. N'est-il pas le mieux placé pour apprécier mon goût du sang ?

Au nom d'Angélique, Ancelin tressaillit. Il crut reconnaître celle à qui il avait dérobé la lettre de la reine sur la route de Montrouge. Oui, c'était la même allure. L'autre devait être la duchesse de Chevreuse.

Il n'eut pas le temps de s'interroger davantage car Angélique de Beaulieu, c'était bien elle, descendit l'escalier et s'approcha de lui. Elle fronça un nez petit et fort mignon.

– Ne nous sommes-nous pas déjà rencontrés ? demanda-t-elle, intriguée.

Troublé par le ravissant visage si proche du sien, Ancelin murmura :

– Je ne crois pas, madame, sinon je me souviendrais de vous. Je me nomme Ancelin d'Amboise.

– Je le sais bien, soupira-t-elle avec une moue charmante. Vous êtes invincible, à ce qu'on prétend. Tout Paris ne parle que de vos exploits. Je suis toute prête à le croire après le spectacle que vous venez de nous offrir, et à admirer la façon dont vous expédiez les gens dans l'autre monde, même s'il s'agit de nos amis.

Pendant quelques instants, Ancelin crut qu'elle faisait allusion aux combats de Montrouge, mais la duchesse dissipa aussitôt ses soupçons.

– Le duel était loyal, dit-elle, et Louis de Puylaurens était une tête brûlée. Messire d'Amboise est de nos amis, n'est-ce pas ?

Ancelin s'inclina comme s'il était flatté.

– Venez nous rendre visite, nous manquons de héros.

Elle s'empressa d'ajouter à l'adresse de Talleyrand :

– Je ne disais pas cela pour vous, mon cher comte. Votre valeur n'est plus à prouver.

Pendant ce discours, Angélique de Beaulieu avait ramassé le masque de cuir d'Ancelin. Par jeu, elle le plaça sur son visage et demanda :

– J'espère ne pas vous avoir offensé, monsieur.

– Au contraire, répliqua Ancelin en riant.

– Dans ce cas, vous pourriez quelquefois me servir de garde du corps. Les rues de Paris sont si dangereuses, surtout la nuit.

Ancelin allait répondre quand le maréchal le devança :

– Je vous rappelle que M. d'Amboise est à mon service !

Angélique lui adressa une révérence.

– Avec votre permission, monseigneur.

– Permission accordée ! lança la duchesse de Chevreuse. Une pareille épée n'appartient à personne, pas même au glorieux maréchal du royaume.

– Vous avez toujours le dernier mot, duchesse, rétorqua d'Ornano de mauvaise grâce.

– À quoi bon le dernier mot ? C'est le dernier acte qui compte, non ?

Derrière la légèreté des paroles, Ancelin décela une entente mystérieuse entre la duchesse et le maréchal.

– À bientôt, monsieur, murmura Angélique.

Il ne quitta pas des yeux la robe blanche qui s'éloignait avec un balancement gracieux. « Elle ignore que je suis son agresseur », songea-t-il avec soulagement. Mais quelque chose lui disait que, si elle venait à l'apprendre, malgré sa douceur apparente, elle se vengerait.

9

Assaut de roses

Depuis huit jours, la maison du maréchal d'Ornano ne désemplissait pas. Les grands seigneurs s'y succédaient. Roland d'Espagnac énumérait leurs titres pour renseigner Ancelin : le comte de Soissons, le duc de Nevers, le duc de Longueville, César de Vendôme, gouverneur de Bretagne, Alexandre de Vendôme, grand prieur de France, tous deux fils d'Henri IV et demi-frères de Louis XIII.

Ancelin rapportait fidèlement ces noms à Aubertin, qui les communiquait au cardinal. Si un événement se préparait, le jeune chevalier n'arrivait pas à découvrir lequel. Les conversations qu'il surprenait se rapportaient au prochain mariage du frère du roi avec la duchesse de Montpensier. La plupart des grands seigneurs du royaume s'opposaient à cette union. Mlle de Montpensier était belle et fort riche, et elle appartenait à l'une des plus hautes familles de France. Cependant, le maréchal d'Ornano, influencé par la duchesse de Chevreuse, prétendait que seul un mariage royal serait digne de Gaston, futur héritier du trône, puisque Louis XIII et Anne d'Autriche n'avaient pas d'enfants.

Occupés à leurs manœuvres politiques, le maréchal et ses amis dédaignaient l'escrime, si bien qu'Ancelin était désœuvré. Ce jour-là, assis au soleil, adossé à la grille séparant le jardin de la cour d'honneur de l'hôtel d'Ornano, il commençait à s'assoupir lorsqu'un bruit de cavalcade le tira de sa rêverie. Un groupe de six gentilshommes envahit la cour voisine à cheval, puis un carrosse s'arrêta devant l'entrée. La duchesse de Chevreuse, Angélique de Beaulieu et la princesse de Condé, une nouvelle grande dame, parurent à la portière.

Parmi les cavaliers, Ancelin reconnut Gaston, le frère du roi. C'était un beau jeune homme de dix-huit ans, élégant, un peu trop raffiné, sans doute, mais spirituel et affable. Ses compagnons échangeaient des plaisanteries. Leur bonne humeur rappelait celle des étudiants du collège de Clermont ou de la Sorbonne.

Les valets s'empressaient, conduisaient leurs chevaux à l'écurie, disposaient des marches sous les portières du carrosse pour permettre aux dames de descendre plus aisément.

D'autres cavaliers arrivèrent et formèrent une cohue semée de cris et de rires.

Ancelin se leva pour saluer les dames. La duchesse de Chevreuse lui adressa un signe de tête et Angélique lui sourit. Cependant, parmi les nouveaux venus, certains s'impatientaient. L'un d'entre eux, un grand gaillard au teint basané et à l'accent étranger, qu'Ancelin n'avait jamais rencontré jusqu'à ce jour, prenant le maître d'armes pour un serviteur, lui lança les rênes de sa monture. Surpris, Ancelin lui renvoya aussitôt les guides, et le malheur voulut que le cuir atteignît l'inconnu au visage. Pour comble, son cheval fougueux projeta le cavalier contre la grille.

Hors de lui, le gentilhomme porta la main à son épée.

– Rustre ! Tu mériterais une correction !

– Vraiment ? railla Ancelin en croisant les bras.

Aussitôt, Henri de Talleyrand s'interposa :

– Tout doux, marquis. Monsieur est le maître d'armes du maréchal.

– Le maître des sots ! gronda le marquis.

– Avec des élèves tels que vous, je vous l'accorde.

La réplique d'Ancelin provoqua le rire des dames qui observaient le début de la querelle avec curiosité. L'Espagnol – son accent le trahissait, malgré son excellent français – s'avança, menaçant :

– Monsieur, cette insulte est intolérable !

– Elle ne fait que répondre à la vôtre !

Repoussant ses compagnons qui tentaient de le retenir, le marquis tira son épée.

– Eh bien, répondez maintenant à ceci.

Ancelin secoua la tête.

– Pas question !

– Comment, vous refusez de vous battre ?

– Je n'ai pas dit cela.

– Alors prenez votre épée ! Un maître d'armes doit bien en avoir en réserve !

– Je regrette de vous décevoir, monsieur le marquis, mais étant le premier offensé, j'ai le choix des armes.

– C'est juste, confirma Talleyrand.

Ancelin tira de sa poche un petit couteau sous les regards intrigués des spectateurs. Il se dirigea vers un massif de roses, coupa deux longues tiges et entreprit d'ôter les épines.

– Que faites-vous ? s'écria l'Espagnol, déconcerté.

– Vous le voyez : j'ôte les épines. Sinon, vous risqueriez de vous blesser.

Et, comme les dames riaient, il ajouta :

– J'ai choisi l'arme : nous nous battrons avec des roses.

Au même instant, le maréchal surgit au seuil de sa demeure, affichant une mine contrariée.

– Qu'attendez-vous ? Je vous rappelle que le temps presse. Nous ne sommes pas ici pour nous livrer à des jeux d'enfant.

– C'est vrai, messieurs, hâtons-nous, dit Gaston.

Il salua courtoisement Ancelin.

– Excusez-nous de vous interrompre, monsieur. J'ai trouvé votre duel fort plaisant.

Ancelin rendit le salut, la main sur le cœur, tandis que l'Espagnol grommelait à son oreille :

– Nous nous retrouverons, monsieur.

Il s'éloigna pour céder la place à la duchesse de Chevreuse. Celle-ci tendit la main au maître d'armes, qui s'inclina pour la baiser.

– Vous me divertissez, monsieur d'Amboise. C'est un compliment : les amusements sont rares, à notre époque. Venez demain, vers six heures, à l'hôtel de Chevreuse. Une épée sera préférable à une rose.

Ancelin acquiesça :

– J'y serai.

– Vous n'aurez pas à le regretter.

Ancelin se demandait si la redoutable duchesse voulait l'enrôler dans son armée de conspirateurs quand Angélique, qui s'était attardée, s'approcha à son tour.

– Un duel de roses ! Êtes-vous poète, monsieur ?

– Entre deux combats.

– Vous allez donc tuer ce pauvre marquis de Villanova ?

– Vous savez bien que le roi interdit les duels, mademoiselle.

– Louis de Puylaurens aurait été heureux de l'apprendre.

– Ce n'est pas faute de le lui avoir répété !

La jeune fille le dévisagea avec une gravité inattendue.

– Je ne sais que penser de vous, chevalier.

– Je ne suis qu'un pauvre gentilhomme, indigne d'occuper vos pensées.

Il lui tendit l'une des roses.

– Prenez garde, j'ai laissé des épines.

10

Le maréchal de la discorde

Ancelin huilait les lames qui avaient servi la veille lorsque le bruit d'une chevauchée éveilla son attention. Pensant que Gaston et sa joyeuse bande de gentilshommes étaient de retour, il s'essuya les mains et sortit de la salle d'armes. Il fut surpris de découvrir des mousquetaires du roi. Dix cavaliers en uniforme avaient envahi la cour. Leur capitaine entra dans la demeure. Il en ressortit, quelques minutes plus tard, accompagné par le maréchal, congestionné et vociférant :

– De quel droit, monsieur ?

– Je vous arrête au nom de Sa Majesté.

– Je suis maréchal de France !

– C'est pourquoi je vous invite à me suivre avec dignité. Sinon, je me verrais forcé de vous lier les mains, dit le capitaine avec flegme.

– Vous n'oseriez pas !

– Obéir au roi n'est pas de l'audace, c'est un devoir.

Un carrosse, qui attendait plus haut, s'avança à la hauteur de l'hôtel. Le maréchal y monta en proférant des menaces. Puis le véhicule se mit en route vers Saint-Eustache, encadré par les cavaliers du roi.

– Ils le conduisent à Vincennes, précisa Roland d'Espagnac d'un air abattu.

– En prison ? Pour quel motif ? demanda Ancelin avec un étonnement sincère.

– Une raison capitale : il a déplu au cardinal. Et je te conseille d'être prudent si tu ne veux pas subir le même sort.

– Moi ? Je n'ai rien à me reprocher !

– Tu étais au service de Jean-Baptiste d'Ornano, tout comme moi.

– Je l'étais ! soupira Ancelin. Je suppose qu'on n'a plus besoin ici de maître d'armes puisqu'il n'y a plus de mains pour les tenir.

Roland pressa l'épaule de son ami.

– Ne t'en fais pas : le maréchal a des amis puissants : la reine, la duchesse, les Condé, les Vendôme, sans parler du frère du roi. Attendons les événements.

– Je vais me renseigner, décida Ancelin.

Il se rendit d'abord dans l'impasse du Marché-aux-Chevaux, où il avait l'habitude de correspondre avec Aubertin. Là, un serviteur lui déclara que le secrétaire était absent. Il n'osa pas solliciter une audience du cardinal. Pourtant, il était impatient de savoir si la sanction qui frappait le maréchal était due aux rapports qu'il avait transmis à Richelieu. Les éminents visiteurs dont il avait cité les noms étaient tous des adversaires acharnés du ministre.

Il se souvint alors de l'invitation de la duchesse de Chevreuse. Il se présenta chez elle à l'heure dite. Là encore, on lui répondit que la duchesse était sortie. Était-elle compromise ? Plaidait-elle la cause du maréchal auprès de la reine ? Était-elle arrêtée, exilée ? Que deviendrait Angélique de Beaulieu ?

Toutes ces questions le tourmentaient.

Il revint à l'hôtel d'Ornano où Roland lui apprit que Gaston s'était plaint au roi du traitement indigne infligé à son précepteur.

– Eh bien, qu'a répondu Sa Majesté ?

– Que, pour un précepteur, le maréchal l'avait fort mal conseillé.

– C'est son rôle, non ?

– Il paraît que c'est un crime !

– Alors, Gaston est allé pleurer dans le giron de Marie de Médicis. La reine mère, qui aime pourtant tendrement Gaston, n'a rien fait pour plaider sa cause, s'inquiéta Roland.

– Pourtant elle lui passe tous ses caprices.

– Pas cette fois : elle est furieuse contre le maréchal et ne veut rien entendre. On va instruire son procès.

– Pour cette histoire de mariage ? s'étonna Ancelin.

– C'est la reine mère qui a élu Mlle de Montpensier, et Louis XIII a approuvé son choix. À présent, il reproche à Gaston de désobéir à ses ordres. Le responsable, c'est le maréchal ; ils veulent l'abattre et on ne voit pas de moyen de les en empêcher. Son épouse est au désespoir.

Ancelin prit un air de circonstance. Anne d'Ornano, qu'il avait eu l'occasion de rencontrer, était une jeune femme ambitieuse et passionnée qui haïssait le cardinal plus que tous les grands seigneurs réunis.

– Il n'y a donc plus rien à faire ?

Roland mit un doigt devant ses lèvres.

– Attendons, la guerre n'est pas terminée. Si Richelieu se croit vainqueur, il se trompe.

Ancelin sourit d'un air complice, puis il regagna son logis. Le lendemain, il se rendit chez Entraigues qui habitait chez ses parents, rue du Temple, en pensant que, puisque le cardinal ne pouvait pas le renseigner, Louise, proche de la reine mère, le ferait. Bien que simple dame d'atours, la jeune fille vivait au palais, au milieu des rumeurs de la cour.

À la vue de son ami, le visage d'Entraigues s'illumina.

– Tu n'es donc pas en prison ?

– Non, mais mon protecteur a pris pension à Vincennes.

– J'ai appris le drame. J'étais inquiet pour toi. J'avais tort !

– Pourquoi donc ?

– Parce que je te vois triompher de toutes les situations : le duel, la disgrâce, le besoin... Te voilà soudain prospère !

– Provisoirement : tu me vois une nouvelle fois sans emploi !

– Ton père t'aidera.

– Mon père...

« Mon père, c'est le cardinal, mais comment l'avouer à ceux qui m'aiment et le méprisent ? »

Entraigues le bouscula joyeusement.

– Le « maréchal des discordes », c'est ainsi que la reine mère surnomme ton Ornano !

– Marie de Médicis aurait-elle de l'esprit ?

– Oui, d'après Louise.

– Disgracié pour avoir déconseillé à Gaston d'épouser Mlle de Montpensier ! Tu avoueras que la sanction est sévère !

– Ce n'est pas seulement pour ça, objecta Entraigues. On prétend qu'il a exigé que Gaston entre au conseil du roi et qu'il siège lui-même à ses côtés. L'homme est imprudent.

– Dis plutôt qu'il est fou !

Comme ils discutaient devant l'hôtel d'Entraigues, dont la famille était dévouée au cardinal, René conduisit Ancelin dans un cabaret voisin où ils continuèrent leur conversation à voix basse.

– La reine mère tient à ce mariage, elle n'en démordra pas !

– Comment a réagi Gaston ? demanda Ancelin.

– Comme toujours : il s'est effondré devant sa mère. Il lui a demandé pardon à genoux et a juré de faire tout ce qu'elle voudrait. Il n'était plus question de défendre le maréchal. Balayé, son cher précepteur ! Son procès sera vite expédié. La potence, qui sait ?

– Tu en es sûr ?

– C'est Louise qui m'a raconté la scène. Surtout pas un mot, elle perdrait sa place, ou pire. La Médicis est dangereuse !

Ancelin haussa les épaules.

– Me crois-tu capable de faire du mal à Louise ?

– Oui, précisément.

Ancelin vit que son ami ne plaisantait pas.

– Explique-toi ! Que me reproches-tu ?

– Au cas où tu ne l'aurais pas remarqué, ma sœur est éprise de toi.

– Une amourette !

Le souvenir d'Angélique de Beaulieu surgit. Ancelin était amoureux de la confidente d'Anne d'Autriche. Elle n'était pas aussi innocente que Louise, sans doute, mais si belle !

– Louise est encore une enfant, dit-il sans conviction.

René tapa du poing sur la table.

– C'est une femme, et ton indifférence la blesse. Elle est malheureuse depuis ton retour.

– Je suis votre ami, protesta Ancelin.

– Étrange manière de le prouver. Tu nous fuis ! Ne me raconte pas que ton emploi de maître d'armes te détournait de tes compagnons !

Ancelin resta muet. Comment expliquer sans se trahir qu'il était aux ordres de Richelieu ?

Tout en évoquant leurs combats passés, les deux amis avaient bu plusieurs pichets d'une piquette, que leur servait généreusement le cabaretier, et un début d'ivresse les rendait mélancoliques.

– Pourquoi tu ne veux pas être mon frère ? gémit Entraigues.

– Mais je suis ton frère... ton frère d'armes.

– C'est vrai ! cria Entraigues. Tu te rappelles l'assaut de la citadelle rouge ?

– Si je m'en souviens ? Tu m'as sauvé la vie !

– Non, c'est toi !

– Il y avait ce diable de Castillan qui m'entraînait vers l'abîme...

Ils furent interrompus par l'irruption d'une bande de jeunes gens parmi lesquels figuraient Orphée et

Henriet. Le musicien était accompagné d'une belle jeune femme.

Entraigues leva son gobelet pour saluer ses amis.

– Orphée, je vois que tu as trouvé ton Eurydice. Tu as bon goût, par ma foi !

– Je n'en dirais pas autant de toi, répliqua le musicien en flairant les pichets qui s'alignaient sur la table. Ce vin est un poison plus expéditif que la ciguë de Socrate et les philtres de Locuste.

Ils s'attablèrent et parlèrent longuement des mésaventures du frère du roi et du machiavélisme du cardinal. Le roi protégeait son ministre contre vents et marées et, en faisant cela, il commettait une grave erreur : Richelieu régnait à sa place. Ancelin écoutait sans un mot.

– Tu ne dis rien ? s'étonna Henriet.

– Il est malheureux, intervint Entraigues. Son maître est en prison.

– C'était moi, le maître, répliqua Ancelin avec fierté.

– Le maître d'armes, on le sait.

Henriet caressa l'épée de son ami.

– J'espère que tu fais de ceci un meilleur usage. La dernière fois que je t'ai vu, tu partais en carrosse vers le gibet de Montfaucon.

– Il ne craint rien : le cardinal le protège ! rugit Entraigues.

Ancelin se demanda si son ami l'avait démasqué, mais ce n'était qu'une plaisanterie : ils s'esclaffaient tous. Son secret était bien gardé, pour le moment, en tout cas.

Quand ils se séparèrent en jurant de se retrouver le lendemain, la nuit était tombée. Le temps avait changé. L'air était chargé d'une odeur de soufre qui irritait la gorge. Par instants, des éclairs aveuglants déchiraient les nuages. Le sol tremblait. Puis la pluie se mit à tomber. Ancelin s'abrita sous le porche de l'église Saint-Sulpice pour échapper au déluge. Au bout de dix minutes, la pluie diminuant, il courut le long de la rue du Pilori vers le port de Nesle. Il longea le fleuve en pestant contre son manteau trempé et ses bottes couvertes de boue.

Après avoir franchi le Pont-Neuf, il se dirigeait vers la rue des Prouvaires lorsque, derrière l'église Saint-Germain-l'Auxerrois, il s'aperçut qu'on le suivait. Trois hommes, enveloppés dans des manteaux noirs, le feutre rabattu sur les yeux, marchaient sans bruit.

Un peu plus haut, un étroit passage s'ouvrait entre deux maisons à colombage. Ancelin s'y glissa et tira son épée. Que lui voulait-on ? La pluie avait cessé ; l'air était brumeux. À cette heure, les rues étaient désertes. Les hommes s'avançaient de front. On entendait à peine le glissement de leurs bottes. Ancelin calculait déjà la manière dont il ferait front s'ils s'attaquaient à lui. Il distinguait les épées qui soulevaient leurs manteaux. Des spadassins, sans aucun doute.

Cependant, ils passèrent devant lui sans s'étonner de la disparition de leur proie. En haut de la rue, ils s'arrêtèrent et s'évanouirent dans l'ombre. « Ils me tendent un piège», songea Ancelin. Au lieu de fuir, il s'avança silencieusement en dissimulant sa lame. Puis il s'immobilisa et scruta les lieux. Au bout de quelques instants, il les repéra l'un après l'autre, rencognés au creux des façades, à l'angle de la rue du Coquillier. Au lieu de regarder en arrière, ils surveillaient la voie pavée qui menait à Saint-Eustache. Visiblement ils étaient en embuscade, mais la victime était un autre que lui.

Ancelin allait se retirer quand il entendit le roulement d'un carrosse. Les trois hommes se mirent en mouvement. Ancelin hésita, puis la curiosité le poussa à observer les événements. La voiture ralentit. En voyant luire les épées, il pensa: «Ils vont attaquer!»

Le carrosse s'arrêta à la hauteur de l'église. Une frêle silhouette en descendit et se hâta en direction d'un hôtel qui devait être celui de Montmorency tandis que la voiture s'éloignait. À l'instant où elle disparaissait, les trois hommes surgirent et cernèrent l'inconnu. Un véhicule approchait. Ancelin crut que le carrosse revenait peut-être au secours de son passager, mais la voiture était différente, plus haute, plus noire, inquiétante. Dans la rue, la victime tentait de s'échapper. Les spadassins la saisirent. L'un d'entre eux enfouit son visage dans un sac. Ancelin entendit un cri de femme. « Lâches ! » gronda-t-il. Sans réfléchir, il fondit sur les agresseurs.

11

La proie

Au moment où Ancelin s'élançait sur les ravisseurs, il glissa sur les pavés mouillés. Cette maladresse, freinant son élan, anéantit l'effet de surprise. La réaction des spadassins fut immédiate : Ancelin se retrouva face à deux épées tandis que le troisième homme maintenait sa proie qui se débattait à l'intérieur du sac qui l'étouffait.

Ancelin para une attaque en position de déséquilibre et riposta. Sa pointe effleura son adversaire. Au même instant, il sentit une morsure à l'épaule gauche : le deuxième spadassin avait frappé. C'étaient des hommes d'expérience, des tueurs de l'ombre. Loin de les gêner, l'obscurité les avantageait.

Ancelin rompit à plusieurs reprises. Un peu plus loin, face à l'église, une lanterne éclairait une petite esplanade dallée. Sur ce nouvel espace, Ancelin fit semblant de chanceler. Ses adversaires étaient sur lui. Il balaya leurs épées et se fendit comme l'éclair. Deux cris. Les hommes tombèrent, l'un atteint à la poitrine, et l'autre au front.

Plus haut, la voiture noire s'était arrêtée. Le troisième sicaire emmenait sa prisonnière vers une portière ouverte. Ancelin se précipita sur lui et le frappa à la nuque. L'homme tomba, libérant sa victime. Cependant, d'autres assaillants sortaient du véhicule. D'un geste vif, Ancelin arracha le sac et prit la main de la femme. Comme elle résistait, désorientée, il la rassura :

– N'ayez pas peur.

Il dut l'abandonner pour faire face à un nouvel adversaire. Sa lame fouetta le visage d'un homme masqué qui se jeta en arrière et cogna le véhicule en hurlant.

Ancelin reprit la main de la femme.

– Venez, vite !

Cette fois, elle ne fit aucune difficulté pour le suivre dans l'ombre des ruelles. Comme ses chaussures à talons la gênaient pour courir, elle les ôta et les abandonna dans le ruisseau sans hésiter. Derrière eux résonnaient les pas de deux ou trois poursuivants. Ils semblaient lourds. La femme était agile. Ancelin maintint la distance jusqu'à la traverse des Deux Écus. Les fugitifs la suivirent, puis tournèrent dans la rue des Prouvaires. À vingt mètres de là, Ancelin entraîna l'inconnue sous un porche obscur. L'escalier qui menait à son logis s'élevait à l'angle d'une petite cour. Un chien se mit à aboyer. Une odeur de bois montait de l'atelier d'un menuisier.

Comme la femme hésitait, Ancelin la rassura :

– Ne craignez rien : nous sommes chez moi.

Apaisée, elle s'appuya à son bras pour monter jusqu'au troisième étage. Dans l'ombre, il ne pouvait pas voir son visage. Il percevait seulement le froissement léger de sa robe et son parfum, celui d'une femme distinguée.

En haut des marches, il prit sa clé, l'introduisit dans la serrure. La porte s'ouvrit. La femme entra la première. Elle resta immobile tandis qu'il cherchait son briquet et allumait une chandelle.

Alors, il se retourna et la vit.

– Angélique !

– Monsieur d'Amboise !

Le sourire de la jeune fille était un peu crispé. En lui retirant le sac qui l'aveuglait, il avait emporté sa perruque. Ses cheveux courts, tout en boucles blondes, la rajeunissaient. Ses bas étaient déchirés et couverts de boue. Sous son manteau, sa belle robe était en désordre ; la dentelle de son col, déchirée. Mais c'était bien la fière Angélique de Beaulieu, amie de la duchesse de Chevreuse et favorite d'Anne d'Autriche. Il songea à ce qu'elle lui avait dit pour plaisanter, un mois auparavant : « Vous serez mon garde du corps. Les rues de Paris sont dangereuses, surtout la nuit. »

– Que voulaient ces hommes ? demanda-t-il.

– M'enlever, je suppose, soupira-t-elle.

– Pour quelle raison vous enlever ?

– Pourquoi enlève-t-on une jolie femme ? C'est ce que je suis, une jolie femme, non ?

Elle avait pris le ton moqueur qu'il connaissait. Cependant, malgré le sang-froid qu'elle affichait, ses lèvres tremblantes et sa voix altérée trahissaient encore la peur qu'elle venait d'éprouver.

Elle tendit l'oreille. La maison était silencieuse. Ses ravisseurs ne la poursuivraient pas jusque-là. Réconfortée, elle sourit :

– En tout cas, je vous remercie de m'avoir sauvée.

Tout en parlant, elle inspectait le petit logement avec curiosité, s'attardant sur l'épée tachée de sang qu'il avait jetée sur un coffre.

Soudain, elle se retourna et demanda :

– À propos, que faisiez-vous là, à cette heure ?

– Je pourrais vous poser la même question.

– J'allais chez mon cousin, Louis de Montmorency.

Il désigna son appartement.

– Je rentrais chez moi, tout simplement.

Elle n'eut pas le loisir de lui faire remarquer qu'il n'en prenait pas le chemin car, en enlevant son manteau, Ancelin découvrit son pourpoint taché de sang.

– Vous êtes blessé !

La consternation de la jeune fille était sincère.

– Une simple égratignure !

– Laissez-moi vous soigner.

– Ce n'est rien, je vous assure.

– Obéissez !

Elle défit son manteau et le laissa glisser sur le plancher. Ancelin ôta son pourpoint et sa chemise. Le fer d'un des spadassins lui avait entaillé l'épaule gauche. Il alla chercher une bouteille d'alcool et de la charpie. Angélique nettoya la plaie avec douceur, puis elle lui fit un pansement d'une main adroite.

Tandis qu'elle s'appliquait, il la questionna sans en avoir l'air :

– Ces hommes étaient bien nombreux.

– Pour attaquer une faible femme, en effet.

– Et dangereux !

– J'espère que vous les avez tuées, ces brutes !

– Deux, c'est certain. Les autres...

– Cette femme est sans pitié !

– Cette femme, avez-vous dit ? s'exclama Ancelin. Une femme jalouse ?

Angélique se mordit les lèvres. Comme elle avait fini son pansement, elle ordonna :

– Tournez-vous !

Ancelin obéit. Il remit sa chemise pendant que la jeune fille ôtait ses bas déchirés. Le hasard, qui les avait réunis, établissait entre eux une intimité troublante. Même en rêve Ancelin n'aurait jamais imaginé se retrouver en tête-à-tête avec cette fille noble dont la beauté le fascinait.

« Si Richelieu me voyait ! » pensa-t-il.

– Vous pouvez vous retourner, à présent.

Elle tenait dans sa main ses bas de soie réduits à des chiffons.

– Je ne peux tout de même pas me présenter chez mes cousins pieds nus, murmura-t-elle avec dépit.

Ancelin réprima un sourire.

– Je trouverai un remède à cette affreuse situation si vous me dites le nom de la femme impitoyable qui en veut à votre vie ou à votre honneur.

Angélique fronça les sourcils.

– Vous êtes bien indiscret, monsieur.

– C'est la preuve de l'intérêt que je vous porte.

Elle le dévisagea longuement, mesurant la confiance qu'elle pouvait lui accorder.

– Vous m'avez sauvée. Je suppose donc que je peux m'en remettre à vous.

Il s'inclina avec courtoisie.

– En intervenant, j'ignorais pour qui je me battais. Je remercie le ciel d'avoir si bien choisi celle que j'ai défendue.

Angélique eut un sourire vague, un peu triste.

– Moi, j'ignorais que vous saviez manier les mots aussi bien que les armes. Voyez comme le hasard unit les battements de cœur. Nous sommes peut-être faits pour nous entendre. En tout cas, je sais que vous ne répéterez à personne ce que je vais vous confier.

– Sur ma vie, dit Ancelin.

– Sachez donc que mon ennemie est la reine Marie.

– Marie de Médicis ?

– La mère de Sa Majesté, oui.

– Quel crime avez-vous commis pour inciter la reine Marie à envoyer une armée contre vous ?

– Le pire de tous, répliqua Angélique avec amertume : je suis l'amie fidèle d'Anne d'Autriche.

– Je comprends, murmura Ancelin.

La jeune fille sentit qu'il n'était pas convaincu. Sa voix prit soudain des accents passionnés.

– La reine est seule. Elle doit livrer combat au roi qui la délaisse, au cardinal qui la méprise, et à la reine mère qui la déteste. On a renvoyé en Espagne ses parents, ses amies. Puis on a chassé de la cour ses confidentes, tous ceux qu'elle aimait. Il ne lui reste plus que la duchesse et moi-même. Si les ravisseurs avaient réussi, je serais en ce moment même emprisonnée dans un couvent sans espoir de recouvrer la liberté. Mais par bonheur vous êtes venu.

Elle tendit la main. Ancelin la prit et y posa ses lèvres. Quand il se redressa, il pâlit, réalisant que l'amour lui avait fait oublier ses devoirs envers le cardinal. Angélique faisait partie de ses adversaires. Elle était la messagère de la reine, et la reine complotait avec le roi d'Espagne.

La jeune fille attribua ce trouble soudain à l'attirance qu'il éprouvait, et elle sourit avec une pointe d'ironie.

– Je vais voir si la rue est sûre ! Ensuite, je vous escorterai chez vos parents, lança Ancelin d'un ton brusque pour se délivrer de son charme.

Il saisit son épée et sortit sans daigner remettre son pourpoint. Quand il revint, un quart d'heure plus tard, il apportait des bottines.

– Elles appartiennent à la fille de ma logeuse, expliqua-t-il. J'espère qu'elles vous iront.

Angélique prit les chaussures sans un mot. « Elle doit être lasse après toutes ces émotions », pensa Ancelin.

– Vos ennemis sont partis, ajouta-t-il. Mais on ne sait jamais.

Il glissa un pistolet et un poignard dans sa ceinture et ouvrit la marche, l'épée nue à la main. L'hôtel de

Montmorency était proche et le quartier tranquille, à présent. Ils marchaient en silence, scrutant l'obscurité. L'air distant d'Angélique froissait Ancelin. Il aurait voulu prolonger le doux sentiment qui les avait réunis. Cependant, elle semblait avoir oublié qu'il venait de risquer sa vie pour elle. « Après tout, cela vaut mieux », songea-t-il. Elle devait ignorer qu'ils appartenaient à des camps ennemis.

Il la laissa frapper à l'huis de l'hôtel. Quand le portier ouvrit, il dit simplement :

– J'espère vous revoir bientôt, mademoiselle.

Elle inclina la tête et lui adressa un regard profond dont il chercha en vain la signification. Puis la porte se referma. Il se retrouva seul. Alors, il s'aperçut que la nuit était glacée et qu'il était à peine vêtu.

12

Complot

En retrouvant son logis, où flottait encore le parfum léger d'Angélique, Ancelin se délesta de ses armes, et chercha aussitôt une lettre.

Lorsqu'il était allé frapper à la porte de sa logeuse pour lui emprunter les bottines de sa fille afin d'en chausser Angélique, quelques instants auparavant, la dame lui avait appris qu'un messager était venu lui rendre visite au cours de la matinée. Ne trouvant pas son destinataire, il lui avait confié une lettre qu'elle avait déposée dans sa chambre, sur le coffre noir où il rangeait ses habits.

Ancelin trouva la lettre sur le meuble en question. Elle ne portait pas de sceau ni de chiffre, cependant, il reconnut le papier brun du cardinal. Il ouvrit le pli et le lut :

Une réunion aura lieu demain soir, deux heures avant minuit, derrière les granges de Montsouris, au château de Saint-Gratien qui appartient à Mme de Chevreuse. Un complot se prépare. Il est de votre devoir de vous y rendre et de me rapporter au plus vite les noms des conjurés et leurs projets.

Pas de signature non plus.

Ancelin réfléchit : se rendre à Saint-Gratien ne présentait aucune difficulté. Quant à pénétrer dans la demeure de la duchesse sans y être invité, c'était un véritable exploit. Angélique aurait pu l'aider. Il repoussa cette idée : par fidélité envers la reine de France, la jeune fille n'aurait pas hésité à le dénoncer. Déjà, elle le soupçonnait, il l'avait senti. Soudain, une pensée l'effleura : cette lettre du cardinal s'était ouverte trop facilement, comme si quelqu'un l'avait lue avant lui. Il tourna et retourna le papier dans tous les sens. Plus y réfléchissait, plus il se persuadait qu'on avait découvert son secret. Sa logeuse ? Impossible. La femme, une veuve fortunée, était honnête et discrète. Elle dédaignait la politique, seule la religion l'intéressait.

Angélique ? Peut-être avait-elle reconnu, comme lui, le papier bruni de la lettre du cardinal. L'avait-elle ouverte ? Si c'était le cas, elle avait lu le message, et si elle l'avait lu, elle savait à présent qu'il était au service de Richelieu, informé du complot et prêt à espionner ses amis.

Ce n'était pas le plus accablant. Elle avait pu deviner que son agresseur, sur la route d'Espagne, n'était autre que lui. Cela expliquait peut-être sa froideur soudaine après leur tendre complicité.

Cette pensée le tint éveillé une partie de la nuit. Au lever du jour, il se sentait épuisé. Son épaule était douloureuse, et sa bouche amère. L'eau glacée le réveilla. Une mission l'attendait. Il devait obéir aux ordres, oublier ses soucis.

Au cours de la matinée, un laquais de Montmorency rapporta les bottines de sa logeuse sans un mot. Angélique aurait pu... non, elle ne lui devait rien. Le soleil effaçait leur aventure nocturne. Les hommes de la reine mère avaient disparu, emportant leurs morts et leurs blessés. Le quartier était paisible. Dans les rues, les gens s'agitaient comme s'il ne s'était rien passé.

Ancelin se mit en route vers dix-huit heures pour prendre le temps d'inspecter les lieux. Il repéra d'abord la demeure : un manoir aux murs recouverts de lierre, accolé à une tour en ruine, qui avait dû connaître des heures de gloire un siècle auparavant. L'endroit isolé, entouré de forêts et de champs en friche, était propice aux réunions secrètes. Une longue allée, plantée d'ormes, menait à l'entrée principale.

Après avoir attaché son cheval à un arbre, au cœur de la forêt, Ancelin fit le tour du domaine en restant à distance. À première vue, les lieux étaient tranquilles. Mais, en s'approchant du château, il s'aperçut qu'il était gardé. Des hommes armés surveillaient chaque issue. Comment pénétrer dans cette forteresse sans se faire remarquer ?

Dissimulé dans un fossé, à deux cents pas du manoir, il étudia le manège des sentinelles. Exposés au vent du soir particulièrement froid, les hommes marchaient de long en large pour se réchauffer. De temps en temps, ils s'arrêtaient pour bavarder entre eux. Certains s'éloignaient, mais leur absence était trop courte pour laisser à Ancelin le temps de franchir la porte. D'autant plus que les serviteurs semblaient nombreux au-delà. Ancelin les voyait apparaître et observer l'allée comme s'ils attendaient des invités. Des servantes se penchaient aux fenêtres, interpellant les hommes d'armes. Ancelin entendait leurs rires sans comprendre leurs paroles. Les valets allumaient des lanternes le long de la façade.

Ancelin épiait le manoir depuis une demi-heure environ lorsqu'il entendit approcher des véhicules. Ce n'étaient pas des carrosses, mais deux chariots lourdement chargés, conduits par des paysans.

Ils s'immobilisèrent au bout de l'allée. L'homme qui tenait les guides du premier chariot parlementa avec les soldats, puis il conduisit ses chevaux vers une aile du manoir qui devait abriter les cuisines. Le deuxième le suivit. D'autres rustres descendirent des véhicules. Ancelin en compta cinq. Ils chargèrent des sacs et des tonnelets sur leurs épaules et les portèrent à l'intérieur.

« Voici ma chance ! » se dit Ancelin. Il ôta son manteau, sa ceinture et ses armes et les dissimula sous des feuilles, au fond du fossé. Ensuite, il rampa dans l'herbe jusqu'aux chariots. Au moment favorable, il se redressa. Sur l'un des véhicules, il trouva un bonnet, le saisit et l'enfonça sur ses oreilles, puis il s'empara d'un sac et le chargea sur son épaule. Imitant l'allure nonchalante des paysans, il s'avança vers la demeure. Les gardes lui jetèrent un regard distrait. Rien ne le distinguait des rustres qui circulaient.

À l'intérieur, une forte femme en tablier blanc commandait les paysans. Ancelin la salua, suivit le couloir indiqué. Quelques marches descendaient vers un cellier, où les hommes déposaient leur charge. L'air sentait la paille et le lait. Tous plaisantaient. Ancelin se joignit aux rires. La lumière avare de deux soupiraux lui permettait de se confondre avec les autres sans éveiller l'attention.

Il les laissa s'éloigner, puis s'élança vers un corridor qu'il avait aperçu en entrant. Tout en courant, il ôta son bonnet et le fourra dans sa botte. Au bout du couloir, une porte entrouverte donnait sur une salle aux fenêtres ornées de vitraux. Il y avait des coffres incrustés de métal, des candélabres de bois doré, une tapisserie, des armes, et un grand portrait représentant un homme vêtu de velours noir flattant un lévrier blanc.

La salle était vide. Ancelin respirait lorsqu'une porte s'ouvrit, face à celle qu'il venait de franchir, livrant passage à deux jeunes gentilshommes qui bavardaient joyeusement. Ancelin continua à avancer dans leur direction sans se presser. Il salua au passage. L'un des gentilshommes lui rendit son salut d'un air distrait. L'autre attacha son regard au sien avant de se détourner. Le sang d'Ancelin se glaça : il avait reconnu Soubise !

C'était bien son ami Richard, il en était certain. Que faisait-il chez la duchesse ? Participait-il au complot ? L'avait-il reconnu ? Ancelin connaissait sa haine du cardinal. Parente lointaine du prince de Soubise, prince protestant, sa famille était fervente catholique, mais Richard de Villers s'entêtait à porter ce nom glorieux comme un défi.

Ces pensées se bousculaient dans la tête d'Ancelin. Il sentait le regard de son compagnon lui brûler le dos. S'il l'appelait, que ferait-il ? Comment expliquer sa présence sans se trahir ?

Il cherchait désespérément un prétexte quand un bruit extérieur attira l'attention des deux autres : un galop, des cris, des hennissements, des roulements de voitures annonçaient l'arrivée d'une troupe considérable. Le manoir s'éveillait, des valets couraient. Ancelin profita de cette agitation pour sortir de la pièce.

Au-delà, il trouva un hall orné d'un escalier monumental divisé en deux envols de pierre grise.

Personne ne lui prêtait attention. Il monta à l'étage, croisant des servantes affairées. Au sommet, il se pencha au-dessus de la balustrade. Des hommes aux manières de grands seigneurs, des dames vêtues de blanc, entraient, s'assemblaient, échangeaient des paroles de bienvenue. Ancelin crut reconnaître la duchesse de Chevreuse et son amie, la duchesse de Longueville.

Au même instant, un inconnu le héla. Ancelin lui adressa un signe amical et disparut vivement. Ce n'était pas le moment d'être démasqué. Un certain nombre d'invités devaient l'avoir rencontré chez le maréchal d'Ornano.

Devant lui s'étendaient un large couloir et une succession de portes. Des chambres, peut-être. À droite partait un étroit escalier en hélice. Il s'y engagea. Des pas précipités. Le poursuivait-on ?

En haut des marches, il trouva une porte décorée de fleurs de lis. Il la franchit et se trouva sur une tribune suspendue au-dessus d'une pièce au plafond voûté peint d'un bleu sombre parsemé d'étoiles d'or.

Une chapelle ! L'autel et les bancs avaient disparu, remplacés par une table rectangulaire et vingt sièges à haut dossier.

Une voix intérieure suggéra à Ancelin que la réunion des conspirateurs allait avoir lieu dans cette salle solennelle. Durant le quart d'heure suivant, il s'accrocha à cette idée. La demeure était silencieuse. Au début, cette paix le rassura : nul ne se doutait de sa présence. Soubise lui-même l'avait oublié, ou bien il ne l'avait pas reconnu.

Cependant, une heure entière s'écoula ainsi. Sur sa tribune, le doute s'insinua en lui : si la réunion se déroulait dans un lieu plus secret ? Si le refuge où il se sentait en sécurité l'éloignait des conjurés ? Il se disposait à sortir pour aller aux nouvelles quand on monta l'escalier. Un tableau monumental était appuyé au mur. Ancelin se glissa derrière. La porte grinça. Un homme inspecta les lieux. Ne trouvant rien de suspect, il repartit. Ancelin respira. Aussitôt, il entendit une clé tourner dans la serrure. L'homme redescendit. Quand Ancelin voulut ouvrir, il trouva la porte fermée.

Il était prisonnier à vingt pieds du sol. Sauter était trop dangereux; forcer la serrure révélerait sa présence. Il se demandait comment sortir de cette situation, quand il perçut des voix. Une porte s'ouvrit sous la tribune, livrant passage à un groupe d'hommes et de femmes, les uns vêtus de noir, les autres de blanc, comme ceux qu'il avait aperçus une heure auparavant.

Étendu sur le plancher, il observa les nouveaux venus à travers la dentelle de pierre de la balustrade. Il reconnut la duchesse de Chevreuse, le comte de Soissons, le duc César de Vendôme et son frère, Alexandre, grand prieur de France, la princesse de Condé, puis une dizaine de grands personnages dont il ignorait le nom.

La duchesse leur attribuait des sièges. « Les conjurés ! » se réjouit Ancelin, oubliant que, s'il pouvait les entendre, il était incapable de prévenir son maître. Il était bel et bien pris au piège.

D'autres arrivaient. Ancelin vit Angélique de Beaulieu, Soubise, et Henri de Talleyrand que la duchesse fit asseoir à sa droite. Angélique resta debout en compagnie de jeunes gentilshommes. Les visages de certains ne lui étaient pas inconnus. Tous parlaient de choses futiles, les potins de la cour, les voyages maritimes vers l'Orient, le prix des perles. La réunion n'avait pas commencé. Selon toute apparence, on attendait quelqu'un.

Cette impression se vérifia lorsqu'un groupe de seigneurs élégamment vêtus envahit la chapelle. Tous les assistants se dressèrent pour accueillir celui qui allait présider le conseil secret. Ancelin fut stupéfait de découvrir Gaston d'Orléans.

Ainsi, le propre frère de Louis XIII conspirait contre le roi !

Monsieur, comme on le nommait, s'assit à la place d'honneur et invita les autres à l'imiter. Seule la duchesse de Chevreuse demeura debout, et ce fut elle qui parla la première :

– Monseigneur, commença-t-elle en s'adressant à Monsieur, nous sommes ici réunis pour mettre un terme au règne de celui qui vous opprime. J'utilise à dessein le mot de règne, car, dans notre pays, c'est Richelieu qui ordonne et non le roi votre frère.

– Il ordonne, mais nous ne sommes pas obligés d'obéir, fit remarquer Gaston d'un ton léger.

Tous les grands seigneurs approuvèrent en riant. La duchesse poursuivit :

– Puisque le roi refuse de se séparer de lui, il nous appartient d'accomplir le geste salutaire qui nous délivrera de notre ennemi.

– De l'ennemi du royaume, ajouta le comte de Soissons.

– Le temps presse, dit la duchesse. On veut forcer Monsieur à se marier sans son consentement. On persécute la reine. On veut faire des membres de la noblesse des valets au service d'un parvenu.

– Cette situation est intolérable ! s'écria le grand prieur.

La duchesse s'inclina devant le frère du roi.

– Eh bien, monseigneur, qu'avez-vous prévu ?

Gaston se leva en souriant comme s'il évoquait l'un des divertissements futiles dont il était coutumier.

– La cour se trouve à Fontainebleau. Richelieu, lui, est dans son château de Fleury, pas très loin de là. Dans trois jours, je me rendrai chez lui avec mes fidèles compagnons, disons pour dîner. Durant la soirée, les esprits s'échaufferont. Vous connaissez mes amis, leur caractère bouillant. Une querelle éclatera. On en viendra aux mains, je veux dire aux épées. Dans la mêlée, ce pauvre cardinal recevra un coup fatal. Reste à savoir qui portera ce coup.

La duchesse se tourna vers Henri de Talleyrand.

– Il faut un homme hardi.

– Ce sera moi, déclara Talleyrand sans hésiter.

Il levait sur elle un regard éperdu. « Cet homme est fou, fou d'amour, pensa Ancelin avec tristesse. Pour elle, il est prêt à commettre le pire des assassinats ! »

Au lieu de s'indigner, tous les nobles présents applaudirent frénétiquement. Comme l'un d'entre eux demandait comment allait réagir le roi, la duchesse de Chevreuse assura :

– Le roi entendra raison. Nous avons pris contact avec le roi Philippe, en Espagne, et avec

Buckingham, en Angleterre. Au besoin, ils nous fourniront des troupes.

– Vous oubliez les nôtres, intervint Vendôme. Je suis gouverneur de Bretagne.

– J'ai une petite armée toute prête, ajouta Longueville.

Le comte de Soissons salua Gaston :

– Il est temps de choisir pour la France un roi digne d'elle. Vous êtes l'héritier légitime du trône, monseigneur. Or, on vous traite comme un hobereau de province !

– Pourquoi ne pas déposer Louis XIII ? s'écria Alexandre de Vendôme. Cet homme-là n'est pas fait pour régner !

– Mais la reine, que fera-t-elle ? s'inquiéta l'un des conjurés.

– Anne est lasse des tyrannies de son époux, affirma la duchesse. Elle rêve d'un homme d'esprit, d'une âme sensible...

En disant cela, elle regarda Gaston qui salua, flatté :

– Anne est une reine selon mon cœur.

La duchesse prit l'assemblée à témoin :

– Elle serait plus grande à vos côtés, monseigneur.

Tous approuvèrent avec enthousiasme. Lorsque le brouhaha cessa, ils distribuèrent les rôles, fixèrent les lieux et les dates. « Ce n'est pas une conjuration, c'est un coup d'État ! songea Ancelin. Ces gens-là envisagent froidement la déposition du roi. Il faut à tout prix prévenir Richelieu. Il reste trois jours, après quoi... »

Cependant, il était seul, désarmé, enfermé à vingt pieds du sol dans une demeure défendue comme une forteresse.

Pour mieux observer l'assemblée bourdonnante, il s'avança imprudemment. Le plancher du balcon craqua sous son poids. Il s'immobilisa. Les conjurés, emportés par leurs discours, n'avaient rien entendu. Mais il lui sembla qu'Angélique levait les yeux sur lui. Ce n'était pas qu'une vague impression : la jeune fille fixait la tribune avec insistance, comme si elle avait découvert sa présence. Il retint son souffle.

Si elle l'avait aperçu, elle était capable de donner l'alerte. N'approuvait-elle pas la mort du cardinal, la déposition du roi ? Cette pensée lui apparut comme une offense à sa beauté. Elle l'attrista. Il la chassa : ce n'était pas le moment de faiblir ; il fallait sauver le trône de France de ce ramassis d'intrigants, d'ambitieux et de scélérats.

13

Pris au piège

La chapelle une fois déserte, la porte se referma. Monsieur et ses gentilshommes étaient partis les premiers, suivis des ducs de Longueville et de Nevers, accompagnés des deux Vendôme. La duchesse avait retenu ses proches à souper. Parmi eux, Henri de Talleyrand et Angélique de Beaulieu. Elle voulait exercer sur leur esprit trop sensible son influence diabolique, par crainte de les voir faiblir. Ancelin imaginait cela en cherchant un moyen de sortir de son piège. Trois jours ou trois ans, le temps était le même : la porte de la tribune était en chêne massif et il n'avait aucun outil pour forcer la serrure. De l'autre côté, la hauteur était trop grande pour sauter sans se fracasser sur les dalles. Dans les deux cas, le bruit alerterait les conjurés. S'ils étaient capables de défier l'autorité du roi, quel sort réserveraient-ils à un espion ? Ancelin ne craignait pas la mort ; il redoutait l'échec lorsque le sort de Louis XIII dépendait de lui.

À force d'observer les lieux, il remarqua que la salle comportait trois vitraux proches de la voûte. Ces fenêtres, il pourrait les enfoncer sans trop de peine, puis passer à l'extérieur. Encore fallait-il les atteindre. Une corniche courait sur les murs à hauteur de la tribune. Elle était étroite, et les parois offraient peu de saillies. Dix mètres, calcula-t-il. C'était la distance qu'il devrait parcourir pour atteindre le premier vitrail. Une entreprise vertigineuse.

Il allait risquer sa vie, mais il n'avait pas le choix. Sans hésiter, il enjamba la balustrade, posa un pied sur la corniche et se plaqua au mur. Ses doigts trouvèrent une aspérité. Il resta un long moment en équilibre, maîtrisant les battements de son cœur, puis il progressa avec lenteur, un pied après l'autre, tâtonnant pour trouver une prise sur le mur désespérément lisse.

À quelque distance, il avisa un ergot de pierre. Il tendit la main et le trouva hors d'atteinte. Pour y parvenir, il lui fallait parcourir une longueur de deux coudées. Quelque part, en bas, une porte claqua. Le bruit faillit le déséquilibrer. Il ferma les yeux. La chapelle était toujours déserte. Il respira. Il glissa sur la corniche, centimètre par centimètre et saisit le bec qui résista. Première victoire.

Il resta une minute suspendu au-dessus du vide avant de reprendre pied. La corniche s'effritait par endroits à cause de l'humidité. Il franchit l'angle. Le vitrail était proche. Il vit qu'il était ancien, bombé vers le bas. Des morceaux de verre étaient sortis de leur cadre de plomb. Il n'aurait aucun mal à briser ce qui restait.

Bientôt il atteignit l'embrasure. Le vent entrait par les interstices. La fraîcheur, l'odeur de l'herbe avaient un goût de liberté. Il pensa à son cheval qui attendait son retour dans la forêt voisine.

Il commença à frapper le vitrail du poing en demandant mentalement pardon à la Vierge gravée dans le verre. La fenêtre s'avéra plus résistante que prévu. Il dut cogner avec plus de vigueur. Après bien des efforts, le plomb se déforma. Des éclats tombèrent. Il les entendit tinter en contrebas sur ce qui devait être une toiture. Dans sa hâte d'en finir, il manqua basculer en arrière. Il s'agrippa aux nervures du vitrail. Soudain, une porte s'ouvrit et un valet entra dans la chapelle. Ancelin resta immobile, pensant que le bruit avait alerté l'homme, mais celui-ci se contenta d'éteindre les candélabres et les chandeliers sans lever les yeux sur la voûte. Il disparut aussitôt ; la porte se referma.

L'alerte incita Ancelin à précipiter son évasion. Un autre pouvait survenir, plus attentif. Disparaître ! Tant pis pour le bruit. Il saisit le bord du vitrail, dont le cadre se décollait, et l'arracha. Une pluie de verre tomba. Après quelques instants d'immobilité, dans l'attente d'une réaction qui ne vint pas, il se hissa sur la fenêtre et se faufila à travers l'ouverture sans se soucier des éclats qui lui griffaient les bras.

La lune éclairait le paysage. Il distingua au loin une forêt, une prairie plus proche et, au premier plan, une construction rectangulaire accolée au manoir. Les pierres du mur étaient apparentes. Il put descendre de l'une à l'autre. Il se trouvait à mi-chemin du toit inférieur quand il crut voir passer une ombre au milieu du pré. Il s'arrêta, accroché aux saillies. L'ombre disparut. Il entendit le bruit d'une fête, puis des hennissements. Le bâtiment sur lequel il atterrit était une écurie ; il le devina à l'odeur et à la chaleur des bêtes.

Il marcha lentement sur les tuiles, écrasant des débris sonores. La nuit était paisible. La plupart des conjurés étaient repartis. Cependant, des lanternes éclairaient la façade noble du château. Des torches crépitaient au départ de l'allée des ormes. Le vent faisait frissonner le lierre des murs.

Parvenu au bord du toit, il se suspendit par les mains et sauta avec souplesse. Devant lui s'étendaient la prairie, puis le fossé où il avait abandonné ses armes, et enfin la forêt.

Deux gardes armés de mousquet étaient toujours en faction devant la porte de la demeure. Pour éviter d'être repéré, il fit un large détour. Parvenu à la limite de la prairie, il prit son élan et fonça, le dos courbé, avec la crainte de voir la lueur d'une mèche et d'entendre le bruit d'une détonation. Il parvint sain et sauf dans le fossé. Tout était tranquille. Les gardes discutaient entre eux. Ancelin perçut le son d'un violon et des tintements de verre. On aurait dit que la duchesse célébrait déjà l'exécution de son ennemi.

« Elle déchantera bientôt ! » songea Ancelin. Renonçant à récupérer ses armes et son manteau, il s'élança dans la forêt. D'abord, il s'égara par excès de précipitation. Il dut faire demi-tour en maudissant les ronces qui lui déchiraient la peau. Après avoir erré durant près d'un quart d'heure, il reconnut un sentier et un énorme chêne, son repère.

Son cheval était à sa place. Il hennit à la vue de son maître. « C'était long, je sais », murmura Ancelin. Il allait bondir en selle quand un bruit l'alerta. Un homme surgit des fourrés. D'instinct, Ancelin porta la main à son épée et ne rencontra que le vide : fâcheuse idée d'avoir abandonné son arme ! Il se trouva face à un grand gaillard qu'il mit du temps à reconnaître à cause de l'ombre.

– Je t'avais promis qu'on se reverrait !

L'accent révéla le marquis de Villanova.

– Que voulez-vous, monsieur ? demanda Ancelin en voyant l'autre tirer son épée. Un duel ? Un autre jour, peut-être. Pour l'instant, je suis pressé.

– Je n'en doute pas ! railla le marquis.

Il pointa sa lame vers la poitrine du chevalier.

– Tout de suite, soit, dit Ancelin, mais donnez-moi une épée. Comme vous le voyez, je suis désarmé.

– Les épées sont pour les gentilshommes, pas pour les traîtres, lança Villanova.

– Traître, le mot vous convient mieux qu'à moi !

– Tu t'imaginais qu'on ne te voyait pas sur ta tribune, épiant les grands seigneurs comme un valet sournois ?

« Angélique, c'est elle qui m'a découvert et dénoncé à ce fier-à-bras ! songea Ancelin avec rage.

Je la croyais humaine ; elle est aussi perfide que les autres. J'aurais dû l'abandonner aux mains des spadassins ! »

Il croisa les bras fièrement.

– Je sers le roi.

– Tu es un espion et un sot.

– Et toi, un misérable lâche !

Il espérait provoquer la colère du bouillant Espagnol, le forcer à commettre une imprudence, bondir sur lui par surprise, le désarmer. Cependant, le marquis se contenta de rester à distance et d'ordonner :

– Il est à vous !

Quatre hommes surgirent à leur tour. Ils l'entourèrent. Ancelin se vit perdu. Sa dernière pensée fut pour le cardinal. « Si je succombe, rien ne pourra plus le sauver ! » Jouant le tout pour le tout, il se jeta sur Villanova quand un objet le frappa à la nuque. Il tomba face contre terre, et sombra dans les ténèbres.

14

Un héros encombrant

Il revint à lui dans une obscurité si totale que, pendant quelques minutes, il crut être aveugle. Le coup lui laissait une douleur lancinante de la nuque aux reins. Il remua avec précaution sur un sol d'où montait une odeur de terre et de paille.

Il se sentait las. Ses yeux se fermaient. Malgré ses efforts pour rester éveillé, il sombra et se rendormit comme sous l'effet d'une drogue.

Lorsqu'il reprit conscience, des heures plus tard, sa souffrance avait presque disparu. Il put se dresser, chancelant. Peu à peu, ses yeux s'accoutumaient à l'obscurité. Le jour était levé. Une faible lueur venue d'un soupirail lui permit d'examiner les lieux : un caveau creusé dans le roc et fermé par une porte de fer.

La voûte, très haute, les murs étroits et l'humidité suintant de la roche donnaient à la cavité l'apparence d'un puits. Une odeur de vase flottait dans l'air. La boue du sol collait à ses bottes. Après l'avoir assommé, ses agresseurs l'avaient jeté dans ce tombeau. Villanova, ce misérable ! S'il le retrouvait un jour, il ne l'épargnerait pas.

Une pensée jaillit : le cardinal ! Un danger le menaçait. Il devait à tout prix l'avertir. Combien de temps lui restait-il ? Trois jours, moins peut-être. Il était resté inconscient de longues heures. Il frappa à la porte pour attirer quelqu'un. Le panneau de métal résonnait, laissant croire à une cavité extérieure, un souterrain, sans doute. Cependant, il n'y eut aucune réaction. Il eut beau marteler la porte avec ses poings et ses pieds, personne ne vint. Le découragement s'empara de lui à la pensée qu'il risquait de croupir dans ce trou, à tout jamais. Richelieu succomberait, le roi lui-même, peut-être.

Il fit le tour de sa prison à la recherche d'une autre issue. L'unique fenêtre était petite, munie de solides barreaux et hors de portée. La porte, impossible à enfoncer, d'autant plus qu'il était désarmé.

Il découvrit une petite ouverture à la jonction de la voûte et du mur, un orifice rectangulaire de quelques pouces d'où partait un conduit, trop étroit pour permettre le passage d'un homme. Aucun moyen de sortir. Son impuissance le rendait fou. Il s'assit sur le sol, la tête entre les bras, et réfléchit : si quelqu'un venait, sauter sur lui par surprise, le désarmer, s'enfuir ou mourir. Tout était préférable à ce silence, cette solitude, cet abandon.

Ou bien transmettre un message à Richelieu, soudoyer un gardien, promettre des fortunes. Le cardinal pouvait enrichir son sauveur.

Au même instant, il entendit des voix. Il crut d'abord qu'on approchait, mais le son venait d'en haut. Il comprit que la cheminée communiquait avec une pièce située au-dessus de sa prison. Les bruits confus annonçaient plusieurs personnages, hommes et femmes. Des pas, le frottement de sièges sur un dallage, un brouhaha dominé par une voix péremptoire :

– Il fera ce que je lui ordonne !

– Vous êtes bien sûre de vous, madame, fit remarquer un homme d'un ton ironique.

– Non, de lui !

La duchesse de Chevreuse ! Ancelin reconnut ses façons, un mélange de charme et d'autorité.

– Le comte est audacieux, mais Gaston..., objecta un autre homme.

L'accent ne trompait pas : c'était Villanova. Ancelin se dressa contre le mur et tendit l'oreille pour ne rien perdre de la conversation.

– Monsieur ne peut plus reculer.

– Il l'a fait bien des fois, cependant.

– La reine nous aidera à fortifier son caractère. Elle a beaucoup d'influence sur son beau-frère.

– Ils se plaisent, c'est certain, dit la duchesse.

– Tout dépend du cardinal. Lui éliminé, nos troupes feront mouvement pour assurer la réussite de notre plan.

– Et pour le prisonnier, que décidons-nous ? demanda Villanova.

– Il est en notre pouvoir, bien inoffensif.

Ancelin serra les poings en reconnaissant la voix d'Angélique.

– Il serait plus sûr de l'exécuter tout de suite ! gronda Villanova.

– Dommage qu'une telle lame ne soit pas dans notre camp, fit remarquer la duchesse avec un accent de regret. N'y a-t-il aucun moyen de gagner ce gentilhomme à notre cause ?

– Aucun ! affirma le marquis. Il est incorruptible.

– Vous dites cela comme un défaut.

– Quand la vertu dessert nos intérêts...

– Je ne suis pas de votre avis, intervint Angélique. Avec le temps, je pense que nous ferons quelqu'un de lui.

« Si sûre de son pouvoir. Comme si j'étais un animal voué au dressage ! » enragea Ancelin. En entendant rire les autres, il se cogna la tête contre le mur et s'entailla le front.

Villanova fut le premier à reprendre son sérieux.

– Laissez-moi me charger de lui.

La duchesse le tança comme un enfant :

– Décidément, marquis, vous ne digérez pas vos roses !

Cette fois, les rires s'élevèrent à ses dépens.

– Gardons-le six jours. Alors, tout sera résolu. Il sera temps d'aviser, suggéra une voix inconnue.

– Que d'égards pour un bâtard, un ferrailleur, grogna le marquis qui ne désarmait pas.

– Ancelin d'Amboise n'est pas seulement un maître d'armes hors pair. En Italie, sa conduite a été héroïque.

Cette fois, c'était Soubise qui prenait sa défense. Leur amitié survivrait-elle ?

– Un héros bien encombrant, soupira la duchesse.

– Un vulgaire espion. Il peut nous perdre tous.

– Emprisonné comme un brigand, avec Goliath pour cerbère. De quoi avez-vous peur ? ironisa Soubise.

– Peur ?

Ancelin imagina le marquis tremblant de fureur. Au même instant, il entendit un bruit de chaise. La duchesse demanda :

– Où allez-vous, Angélique ?

– Chez la reine, vous le savez bien.

– Rassurez-la, elle doit trembler, la chère âme.

– Trembler ? ce n'est pas le genre de Sa Majesté.

Les pas s'éloignaient. Ancelin revit la jeune fille qu'il avait sauvée de ses ravisseurs, sa beauté, sa fausse innocence, son ironie, son orgueil. Il aurait voulu la haïr, mais c'était sans espoir : elle avait l'art de le troubler et de le désarmer, depuis le premier jour où il l'avait aperçue dans la salle d'armes du maréchal.

Perdu dans ses pensées, il n'avait pas remarqué que la conversation venait de cesser à l'étage au-dessus. Les conspirateurs s'en allaient. La duchesse resterait dans l'ombre, au centre de sa toile, paralysant ses proies comme une araignée, tandis que ses créatures frapperaient le cardinal, le roi peut-être. Cette grande dame n'était qu'un monstre !

Au début, Ancelin avait accepté son rôle d'espion avec réticence. Il avait une dette envers Richelieu ; il s'en acquittait sans conviction. Maintenant, témoin de l'égoïsme et de la cruauté des Grands, il était prêt à sacrifier sa vie pour protéger le roi et son ministre. Mais que valait sa détermination, enfermé comme il l'était dans ce tombeau ? Il s'était laissé prendre au piège stupidement ! Quelle erreur avait-il commise ?

Incapable de rester assis, il arpenta la cave comme un fauve en cage. Le silence était revenu. Les conspirateurs étaient loin, sans doute. Inaccessibles.

Les heures s'écoulèrent. Après plusieurs tentatives infructueuses, Ancelin réussit à se hisser jusqu'au soupirail, à quinze pieds du sol. Accroché aux barreaux, il observa. L'ouverture était au niveau de l'allée. Il vit les ormes, la prairie, les fossés correspondant aux anciennes douves. Il se trouvait bien à Saint-Gratien. Ce constat aurait dû le rassurer, mais ce n'était pas le cas. Ici ou ailleurs, il était à la merci de ses ennemis qui n'hésiteraient pas à le mettre à mort s'il devenait gênant.

Il se laissa retomber. Sa seule chance était d'attirer quelqu'un, de le convaincre ou de le terrasser. Il alla vers la porte avec l'idée de frapper le fer jusqu'à ce qu'on lui réponde enfin. Au premier coup, le ciel parut l'entendre : il entendit des pas traînants, un souffle rauque. Il faillit appeler. Il se retint, s'éloigna de quelques pas. Une clé tourna dans la serrure. La porte s'ouvrit. Une lanterne l'éblouit.

Lorsque ses yeux furent accoutumés à la lumière, il découvrit un géant vêtu de cuir. Sa tête était difforme, comme si elle avait été prise sous une meule. Le nez était écrasé, le crâne étroit et allongé avec une sorte d'entaille au niveau des oreilles, le menton rejeté à droite, l'œil borgne. « Un cyclope », pensa Ancelin. L'homme était sans doute celui que Soubise avait nommé Goliath. Le colosse portait bien son nom. Il dépassait d'une tête le jeune prisonnier, pourtant vigoureux, et pesait le poids de deux hommes.

– C'est toi, Goliath ? demanda Ancelin.

Le cerbère ne lui accorda pas un regard. Il suspendit sa lanterne à un crochet, puis revint prendre la cruche et l'écuelle qu'il avait déposées à l'entrée. Ses gestes étaient lents et son souffle court, comme si le colosse était accablé par sa masse.

Ancelin fixait la porte ouverte, prêt à bondir à l'extérieur. Pour l'instant, le gardien obstruait l'ouverture. Le prisonnier attendait à l'écart, indifférent. Goliath, la cruche dans une main, l'écuelle dans l'autre, se pencha vers le sol. L'instant était propice. Ancelin s'élança. Le géant réagit avec un temps de retard. Quand il se redressa il était trop tard : le captif avait déjà franchi la porte. Devant lui une deuxième lanterne éclairait un couloir étroit, des murs de roche brute, un plafond bas. Ancelin courait. Plus loin, le boyau s'incurvait. L'air, plus frais, sentait la terre et les feuilles. Il força l'allure. Goliath était distancé. Rien ne pourrait l'arrêter. Il allait si vite qu'il vit à peine étinceler les épées...

15

Goliath

Trois hommes se dressaient devant lui. L'un était Villanova. Il arborait un mauvais sourire.

– Tu vois, je t'attendais une fois encore. Je commence à m'habituer à nos rendez-vous.

Ancelin s'immobilisa devant les lames.

– Je me demande ce que je vais faire de toi, soupira le marquis.

– Tue-moi, qu'est-ce que tu attends ? gronda Ancelin avec mépris.

– Je voudrais bien te rendre ce service, mais il paraît qu'on ne doit pas te faire de mal, alors je vais te laisser vivre, je vais même te protéger contre toi-même, tu es si imprudent !

En disant cela, il agitait la pointe de son épée devant les yeux d'Ancelin. Le prisonnier chassa le fer d'un revers de main comme un insecte importun. Il allait bondir en arrière quand il sentit qu'on l'arrachait de terre. Goliath l'avait empoigné. Sa force herculéenne l'écrasait. Contre une telle puissance, toute résistance était inutile. Le geôlier l'emporta avec sa lenteur habituelle tandis que le marquis raillait :

– Reconduisez M. d'Amboise dans ses appartements.

Ancelin ne disait mot pour éviter de donner à ses ennemis le plaisir de jouir de son humiliation. Goliath remonta le couloir en sens inverse, portant son fardeau sans effort apparent. Au passage, il ramassa des chaînes. Comprenant qu'elles lui étaient destinées, Ancelin tenta de se libérer avec, pour seul résultat, de suffoquer lorsque son gardien resserra son étreinte.

Le géant le déposa sur le sol sans brutalité et, tout en le maintenant d'une seule main, entreprit de passer les fers dans un anneau de la muraille malgré les coups de pied que lui décochait son prisonnier. En trois minutes, Ancelin se retrouva enchaîné par les chevilles.

Du seuil de la prison, Villanova et ses complices assistaient à la scène en riant. Son travail accompli, Goliath prit du recul pour juger du résultat. Ancelin tirait sur ses liens avec des bruits de métal.

– Ne te fatigue pas, conseilla le marquis. Goliath est un expert. Il a servi dix ans à la Bastille. La duchesse sera satisfaite de te savoir en sécurité.

Après un salut ironique, il disparut avec ses compagnons. Le cerbère ramassa les débris de la cruche brisée et sortit en refermant la porte à clé comme si les chaînes ne suffisaient pas. Il avait laissé la lanterne. Quelques minutes plus tard, il revint avec un pot d'étain qu'il déposa à côté de l'écuelle, puis il saisit la lumière et l'emporta, abandonnant le prisonnier à sa pénombre. Lorsque ses yeux s'y furent habitués,

Ancelin examina ses fers. L'anneau était solide et les bracelets de ses chevilles recelaient un mécanisme ingénieux, impossible à actionner sans une clé.

Épuisé par son évasion manquée, il se coucha sur le sol et ferma les paupières. Goliath avait placé l'eau et la nourriture à sa portée. Ancelin les dédaigna, bien qu'il fût affamé et assoiffé. Le désespoir l'envahissait. Impossible de surprendre son gardien désormais, il se méfierait. On le laisserait pourrir dans ses chaînes comme certains prisonniers de la Bastille condamnés au secret leur vie durant.

Le silence était revenu. Il s'assoupit et dut s'endormir car, lorsqu'une lumière l'éblouit, il eut l'impression de sortir d'une très longue nuit. « Goliath est revenu », pensa-t-il. Cependant, son visiteur était plus petit et il s'exprimait avec une distinction familière :

– Je suis triste de ce qui t'arrive.

Soubise !

– Tu viens contempler ton œuvre ? lança Ancelin avec mépris.

– Mon œuvre ? Je n'ai pas voulu ça. Tu es mon ami.

– Je l'étais.

– Pourquoi m'en veux-tu ? Parce que je réclame la justice ?

Ancelin, furieux, tira sur ses chaînes.

– La justice ? Conspirer contre le roi ? Assassiner un ministre ?

– Tu ne comprends pas...

– En effet. Je croyais te connaître. Je te prenais pour un homme d'honneur. En réalité, tu ne vaux pas mieux que ces gens, prêts à commettre un crime pour assouvir leurs ambitions !

– Parce que tu te figures que c'est l'ambition qui m'anime ?

Ancelin haussa les épaules.

– Pas toi, peut-être. Tu t'es laissé influencer par leurs beaux discours : l'honneur de la reine, la générosité de Monsieur, la grandeur de la noblesse. Au fond, tu n'es qu'une victime, comme ce pauvre Talleyrand qui me fait de la peine.

– Dis tout de suite que je suis un sot ! se rebiffa Soubise. C'est toi qui t'égares. Tu ignores ce dont ton maître, le cardinal, est capable : les innocents condamnés, d'autres exilés sous prétexte qu'ils gênent son autorité ou contrarient ses machinations.

– Ce complot est dirigé contre le roi, je te rappelle !

– Parce que Louis le soutient contre toute sagesse.

– Qu'est-ce qu'on t'a promis ? demanda Ancelin avec dédain.

– Et toi, que t'a promis Richelieu pour transformer un soldat valeureux en espion ?

Soudain, il fut pris d'une illumination.

– La vie sauve !

Il frappa dans ses mains.

– Bien sûr ! Après ton duel contre Puylaurens, on ne t'a pas condamné, tu aurais dû l'être, tu ne l'as pas été. Or le cardinal ne fait pas d'exception, sauf si cela sert ses intérêts !

– Je n'ai qu'un seul maître : le roi, et depuis toujours, répliqua Ancelin avec orgueil. Le roi, c'est Louis XIII, pas cette tête creuse de Gaston.

Soubise demeura silencieux, comme s'il méditait les paroles de son ami, puis il frappa à la porte. Goliath parut aussitôt.

– Ôte-lui ses chaînes.

Le géant hésita.

– Qu'attends-tu ?

À contrecœur, Goliath détacha le prisonnier, sans toutefois emporter les fers comme s'il comptait l'enchaîner de nouveau à la première tentative d'évasion.

– Ta captivité ne sera pas très longue, promit Soubise.

– Dès que l'irréparable aura été commis, je serai libre, résuma Ancelin d'une voix sombre. Et toi ?

– Moi ?

– La liberté au prix d'un assassinat, j'ai de la peine à l'admettre. Toi dont la famille est d'ancienne noblesse !

– Justement ! Cette noblesse est plus ancienne que celle du cardinal, quoi qu'il prétende.

– Est-ce une raison pour trahir ?

– Pour restaurer la grandeur d'un royaume qu'un parvenu abaisse chaque jour davantage, tout est permis, même ce que tu appelles trahison et que nous nommons fidélité.

Le cœur d'Ancelin se serra en entendant les paroles de son ami. Il se souvenait de sa générosité, de sa tolérance, de son sens de l'honneur. Que restait-il de ces vertus ?

– Mais le roi ? murmura-t-il.

– Louis se laisse dominer par ce fourbe !

– Pas son frère ? Et que fais-tu de votre entente avec les ennemis du royaume : Buckingham, Philippe IV ?

– Et toi, que penses-tu du pacte de Richelieu avec les protestants des Pays-Bas ?

– Cette alliance est purement militaire.

– La nôtre aussi.

Cette conversation ne menait à rien. Leur amitié était bien morte et leur conception de la justice trop différente. Une entente était impossible.

– Je te plains, soupira Ancelin.

– Moi, je regrette ce qui nous sépare, murmura Soubise avec une mélancolie empreinte de sincérité.

Il baissa la tête et sortit. Goliath attendait docilement. Soubise disparu, il verrouilla la porte. Ancelin demeura seul, plus découragé encore, malgré les chaînes qui n'entravaient plus ses mouvements.

16

Le souffle de la liberté

Ancelin avait flairé le contenu du pichet avant d'étancher sa soif : l'eau pouvait être empoisonnée. Cependant, le breuvage était inoffensif. Et puis cette méthode sournoise ne ressemblait guère aux manières brutales de Villanova. La corde, le poignard et l'épée étaient plus expéditifs.

Après avoir bu, le prisonnier s'endormit et rêva qu'il marchait depuis des heures dans une forêt si vaste qu'elle semblait infinie. Il avait perdu ses compagnons au cours d'une chasse. Son cheval s'était enfui. Il avait entendu faiblir leur galop, les aboiements de la meute, la sonnerie des cors, les grognements du sanglier pourchassé et le craquement des branches. Bientôt, ces bruits s'étaient éteints pour faire place à un silence de mort. Devant lui, la forêt semblait pétrifiée : dans l'air atone, pas un souffle de vent, pas une palpitation du ciel, pas un râle de bête. Il n'entendait même plus le martèlement de ses pas tandis qu'il courait pour rejoindre les chasseurs. Par moments, il s'arrêtait, un genou en terre pour reprendre haleine. Le silence l'étouffait. Puis la nuit tomba, une nuit de ténèbres, le forçant à marcher mains tendues comme un aveugle. De temps à autre, il tentait encore d'appeler à l'aide. Chaque fois, sa voix se perdait, plus exactement, elle se figeait à la manière d'une eau pétrifiée par le froid de l'hiver. Cette absence de son, de couleur et de mouvement ressemblait à la mort, pourtant il n'avait pas peur. Il pressentait que la forêt finirait et la vie recommencerait, aussi chaude et assourdissante qu'avant. Il suffisait d'avancer. Le plus étrange, c'est qu'il ne se cognait jamais aux arbres dans l'obscurité, il la traversait à la manière d'un fantôme. Loin de l'épouvanter, cette absence de réalité le grisait.

Puis tout se matérialisa. Ses mains sentirent la terre, sa douceur, son odeur. Il entendit un choc, suivi d'une vibration, et, ouvrant les yeux, il vit une lumière. Il ouvrit les yeux, il ne rêvait plus.

Cette lumière était bien réelle, celle d'une lanterne posée bizarrement sur le sol au-delà de la porte entrouverte. Goliath ? Il tendit l'oreille. Le souterrain était plongé dans le silence. Pourtant les sons qui l'avaient réveillé résonnaient encore dans sa tête.

Il se leva, marcha vers la lumière, ouvrit la porte sans rencontrer de résistance. À dix pas de là, Goliath gisait face contre terre. Ceux qui l'avaient assommé avaient disparu. Mais s'il s'agissait d'un nouveau piège ? Une invitation à fuir ? Le marquis l'attendait peut-être un peu plus loin avec quelques épées. Il prétendrait qu'il avait tenté de s'échapper. En tentant de le retenir, un fatal accident ! Ainsi, sa mort serait due à une maladresse.

Il examina plus attentivement son geôlier. Le géant, lui, ne jouait pas la comédie : sa nuque avait saigné ; elle ne saignerait plus jamais. Ancelin s'éloigna en vitesse.

Au bout du couloir, il trouva un escalier taillé à l'intérieur du roc. Les marches s'élevaient dans l'obscurité. Il entendit mugir le vent et battre une porte, comme un appel. Il monta avec prudence. L'escalier tournait. Au sommet, une porte ouverte, un autre corridor, un sol dallé, une deuxième porte, celle qui battait, une odeur de prairie. Personne. Le silence en dehors du souffle qui balayait une cour toute blanche sous la clarté de la lune. C'était une sorte de cloître aux arbres de pierre entrelacés de lierre. Un cheval attendait attaché à un pilier. Une épée pendait le long de la selle.

Celui qui avait organisé son évasion avait tout prévu. Soubise ? Ses remords ? Cette pensée devint aussitôt une certitude. Il aurait le temps de le questionner, de le remercier. Pour l'instant, il devait s'éloigner au plus vite.

Il détacha le cheval, le rassura, se hissa en selle. La bête hennit joyeusement.

– Allez, mon prince !

Il sortait de la cour quand il aperçut d'autres cavaliers, des hommes à pied, des lanternes. Il talonna sa monture, obliqua à droite. Des cris retentirent, prouvant qu'on l'avait reconnu. Il longea l'aile du château jusqu'à la façade principale, déboucha sur le pré qui montait vers la masse sombre d'une forêt. La forêt de son rêve ?

En plein galop, son cheval traversa une haie au feuillage tendre, buta sur une clôture et infléchit sa course. Ils longèrent une grille, masqués par la haie, puis la haie s'interrompit, les laissant à découvert. Ancelin aperçut quatre cavaliers lancés à sa poursuite ; ils remontaient le pré selon une trajectoire oblique destinée à lui couper la route. La lune faisait luire leurs armes. Le fugitif caressa le fourreau de son épée. Quoi qu'il arrive, il se battrait jusqu'au bout. Pas question de se laisser reprendre ni de mourir : la vie du cardinal dépendait de lui. Deux jours, c'est tout ce qu'il lui restait sans doute pour modifier le cours du destin.

Ses poursuivants se rapprochaient. Il tirait son épée quand une issue se présenta, une porte ouverte dans la clôture. Il pressa sa monture.

– Va !

Le cheval, docile, franchit la grille, s'engouffra dans une allée et força l'allure en pleine obscurité. Apparemment, il connaissait le chemin. Ils fonçaient sous une voûte végétale de plus en plus basse qui obligea Ancelin à se courber sur sa selle. Les cris des autres étaient plus lointains. Le cheval poursuivait sa course folle, effleurant des troncs, malmenant les jambes de son cavalier.

– Tout doux !

Ancelin relâcha les rênes et caressa le garrot frémissant. La bête ralentit ; il la poussa dans la forêt. À présent, ils allaient au pas dans un hallier de plus en plus dense. L'obscurité était profonde parce que les nuages voilaient la lune ou que le feuillage faisait écran.

Il mit pied à terre et tira son épée. Le contact du fer le rassura. Il avait l'impression d'avoir semé ses poursuivants. Cependant, il ne suffisait pas de leur échapper, encore devait-il se diriger, trouver la route de Paris. Il était libre et désorienté. Difficile de pousser plus loin avant l'aube sans s'égarer davantage ou se jeter dans les mains ennemies.

Après avoir attaché son cheval, il s'assit et attendit. Le vent, secouant le feuillage, faisait tomber sur lui une pluie glacée. Il regrettait son manteau et songeait tristement à son cheval perdu quand celui qui l'avait conduit jusque-là le poussa d'un coup de tête affectueux.

– Il faut attendre le jour.

La bête, intelligente, le comprenait. De temps en temps, elle hennissait doucement, grattait le sol. Le cri d'un oiseau de nuit la fit tressaillir.

Ancelin dut s'endormir, car la pâle clarté du jour le surprit. La forêt s'éveillait avec le bruit du vent matinal et les chants d'oiseaux. Il détacha sa monture et se mit en selle. Plus loin, il découvrit un sentier. Il devait retenir le cheval impatient de prendre son galop. Au bout de dix minutes, la forêt s'éclaircit, ils atteignirent les champs. Un paysan se promenait en sifflotant le long des sillons, sa houe sur l'épaule. Ancelin lui demanda le chemin de Paris. L'homme désigna le nord.

– Reuilly, puis la grange Saint-Paul, puis Lerieux.

Des noms rassurants. Le cavalier suivit des chemins de terre sur une demi-lieue avant de déboucher sur une large route creusée d'ornières. Le cheval prit son galop. Ils traversèrent un hameau, longèrent une rivière bordée de saules. Plus loin, le chemin la franchissait sur un pont en dos-d'âne. Au moment où Ancelin s'y engageait, il aperçut une troupe en travers de la route : des hommes solidement armés, des chevaux et des chiens. Ces gens n'étaient ni des brigands ni des soldats du roi ni des chasseurs, du moins leur gibier n'était pas celui qu'on fait rôtir.

Amis ou ennemis ?

Il était trop tard pour faire demi-tour et trop dangereux de s'arrêter. Ancelin retint sa monture, s'avança lentement et salua :

– Messieurs, le roi m'attend et je suis fort pressé.

Après avoir séjourné dans une cave et dormi au cœur d'une forêt, il n'avait rien d'un invité du roi de France, mais ce discours lui fit gagner de précieuses secondes. Brusquement il talonna son cheval, qui bondit et bouscula ceux qui tentaient de saisir ses rênes. Il entendit des cris de colère et se baissa sous le fer d'une lance. Le barrage était franchi. Derrière lui, on détachait les chiens et rassemblait les chevaux.

Ennemis !

Ancelin avait cinq cents mètres d'avance lorsqu'ils entamèrent la poursuite. Son cheval était rapide et la route descendait vers un vallon vaguement familier. Il se jugeait déjà hors d'atteinte quand un coup de feu retentit. La balle le frôla. « Pas très chevaleresque ! » pensa-t-il. La plupart des cavaliers étaient des gentilshommes et ne lui voulaient pas du bien. Il en eut la preuve aussitôt en entendant une deuxième détonation. Il sentit un choc ainsi qu'une douleur au flanc droit.

Le bruit de la poudre et les aboiements affolaient sa monture. Elle se mit à divaguer malgré ses encouragements. Ses ennemis gagnaient sur lui. Ils n'avaient aucune intention de l'arrêter : ils le tueraient.

La route tourna. Un bois fit écran aux tireurs. À droite, un sentier s'ouvrait. Ancelin y poussa le cheval. La douleur de sa poitrine l'empêchait de respirer. Le sang lui inondait le ventre et la jambe, sa botte en était pleine. Pris de vertige, il comprit qu'il n'irait plus très loin. Au même instant, il aperçut une ferme, des murs bas, un toit de chaume. Deux grands chiens hurlaient.

Il se laissa glisser à terre et chassa sa monture d'une claque sur la croupe. Il voulait marcher, demander de l'aide, mais ses forces le trahirent : au bout de quelques pas, il s'abattit. Les molosses fonçaient sur lui pour le mettre en pièces.

– Brac ! Satan !

Les chiens s'arrêtèrent. Un homme vêtu de fourrure s'avançait. De près, il avait l'aspect et la corpulence d'un ours. Il vit le sang, entendit le vacarme des chasseurs et comprit aussitôt la situation.

– Venez !

Il aida Ancelin à se lever et le soutint jusqu'à la maison. Ses mâtins tournaient autour d'eux en gémissant. Devant la ferme, il y avait un bûcher. Prestement, le paysan ôta quelques rondins et poussa le blessé à l'intérieur de la pile, puis il replaça les bûches pour le dissimuler.

À travers les interstices, le fugitif vit arriver ses poursuivants. Brac et Satan tenaient leur meute en respect.

– Retiens tes chiens ! ordonna l'un des cavaliers.

– Retenez les vôtres ! répliqua le paysan. Vous êtes ici chez moi.

– Chez toi ! railla l'un des gentilshommes.

Le plus âgé de la troupe, son chef peut-être, apaisa son compagnon et demanda :

– N'avez-vous pas aperçu un cavalier ?

– J'en ai vu plusieurs qui piétinaient mes champs ! répliqua le paysan d'un ton bourru.

– Si vous le voyez, sachez qu'il y a une récompense pour sa capture.

– Qui le recherche ?

– Que t'importe ? gronda un gentilhomme.

– Si ce sont les gens du roi, vous pouvez y compter. Je le livrerai à mon cousin, lieutenant aux mousquetaires.

– C'est à nous que tu dois le remettre, rustre ! s'emporta le gentilhomme.

Les deux molosses se mirent à aboyer avec plus de fureur.

– Allons, nous perdons notre temps ! dit le chef de la troupe.

Il tourna bride. Ses hommes l'imitèrent à regret. Ancelin vit encore un lévrier de la meute flairer le sol avant de s'enfuir sous la menace d'un des mâtins. Puis sa vue s'embruma, et il perdit connaissance.

17

Capitaine maudit

– Il revient à lui.

Ancelin reconnut l'homme qui l'avait sauvé des chasseurs. Débarrassé de sa fourrure, le paysan semblait plus vieux. Son corps était maigre, voûté, brûlé par le soleil et parsemé de cicatrices plus claires. Les muscles de ses bras, saillants comme des cordes, produisaient une impression de force. Sous ses sourcils épais, ses yeux étaient jaunes comme ceux des loups. Un être rude, un peu sauvage, qu'on n'impressionnait pas facilement.

– Voilà bien des vapeurs pour une estafilade ! bougonna une voix féminine.

La fille qui parlait était jeune. Ses longues tresses brunes, ses yeux noirs, ses pommettes hautes et son nez busqué lui donnaient un air oriental.

– Que sais-tu des blessures ? la rabroua le vieil homme.

– Ce que m'ont enseigné les plaies que j'ai soignées, les tiennes en particulier.

– Dans ce cas tu dois savoir que celle-ci n'est pas bénigne. Une balle lui a perforé la poitrine. Elle a traversé la chair sans s'incruster, c'est une bonne nouvelle. Si elle a atteint le poumon, ce sera une mauvaise nouvelle. On le saura vite s'il se met à tousser. Alors, à la grâce de Dieu.

La chaleur était agréable. En ouvrant les yeux, Ancelin constata qu'on l'avait installé sur une paillasse, devant une cheminée où flambait une bûche odorante. Son torse était nu et étroitement bandé. Il tenta de se redresser et retomba, pris d'un étourdissement.

– Doucement, dit le paysan. Tu as perdu quelques litres de bon sang. Un peu plus, et tu te desséchais comme une plante sans eau.

– Belle plante ! s'exclama la fille d'un ton hargneux. C'est peut-être un bandit.

– Tu n'en sais rien !

– Les autres le cherchaient pour une bonne raison.

L'homme cracha sur le sol.

– Les autres, ce sont eux les bandits, je les connais !

– Parce qu'ils portent la croix ?

– Peut-être bien.

Le paysan et la fille avaient le même accent chantant et des flammes dans les yeux. Ils se défiaient comme deux bêtes hargneuses sans intention de mordre.

– Je m'appelle Angelo, déclara le vieil homme. Elle, c'est Jeanne.

– Moi, Ancelin d'Amboise.

– Aristocrate ? Que te voulaient-ils ?

Comme Ancelin, affaibli, le dévisageait sans comprendre, il précisa :

– Ces fanatiques. Pourquoi te poursuivaient-ils ?

– Je vous remercie.

Angelo se tourna vers la fille avec un rire grinçant.

– Il me remercie ! Tu as raison de ne rien dire. On a tous nos secrets, pas vrai, ma belle ?

– Surtout toi, répliqua Jeanne.

– Vous êtes italiens ? demanda Ancelin.

– Provençaux, rectifia Angelo. Moi, de Saint-Gilles. Elle, de Forcalquier.

Ancelin parvint à se soulever avec une grimace de souffrance.

– Il faut que j'aille à Paris.

Le vieil homme secoua la tête.

– Tu es bien pressé de mourir.

– Si je n'y vais pas, expliqua Ancelin en s'affaissant, un autre homme, plus important que moi, va mourir.

– Je t'entends, grommela Angelo. Mais je te déconseille de sortir d'ici. Premièrement, tu es trop faible pour voyager. Deuxièmement, ceux qui te traquent sont encore là : ils rôdent, ils surveillent les routes, ils interrogent les voisins. Leurs chiens flairent ta trace.

Jeanne hocha la tête.

– Ils peuvent fouiller la maison.

– Ils peuvent fouiller la maison, confirma Angelo sans s'émouvoir.

– Raison de plus pour m'en aller, s'entêta Ancelin. Je risque de vous compromettre.

Il tâta le pansement qui lui comprimait la poitrine. On avait retiré ses bottes, lavé le sang. Sa paillasse sentait l'herbe fraîche. Il devait résister à l'envie de fermer les yeux et de s'endormir.

Angelo alla décrocher une grande épée suspendue à la poutre du toit.

– Je ne les laisserai pas te prendre ! assura-t-il d'un air farouche.

– Tu as été soldat, murmura Ancelin en regardant les cicatrices qui lui entaillaient le front et les bras.

– Fontaine-Française, La Fère, Amiens..., énuméra Angelo avec fierté. J'ai été capitaine.

Jeanne hocha la tête.

– Le capitaine maudit.

– Elle a raison, acquiesça le vieux soldat d'un air sombre. On me surnommait ainsi.

– Maudit ? Pourquoi ? Tu as perdu une bataille ?

Angelo redressa la tête.

– Aucune ! Mais j'étais protestant. Sous Henri IV, ce n'était pas un péché. Ensuite, c'était un crime. Quand on m'a pris ma compagnie, j'ai quitté l'armée. J'ai acheté cette terre et je m'occupe de mes vignes avec mon épouse.

– Je ne suis pas ton épouse !

– Parce que tu as refusé d'embrasser la religion réformée.

Il prit Ancelin à témoin :

– Catholique et entêtée ! Mais dis-moi, toi aussi tu as été soldat. Tu en as l'air.

– J'ai servi contre les Espagnols.

– Maudite engeance !

– Mais belle victoire.

– Écoutez ! ordonna Jeanne.

Depuis quelques instants, les chiens aboyaient avec fureur. Des chevaux approchaient.

– Ils reviennent ! gronda Angelo, les mains crispées sur son arme, tandis qu'Ancelin faisait des efforts pour se lever.

Jeanne entrebâilla les volets et annonça :

– C'est Bernardeau !

– Le cousin, il tombe bien, celui-là, un mousquetaire du roi. Catholique, mais on lui pardonne !

– Tais-toi, hérétique, bougonna Jeanne.

Angelo ouvrit la porte pour accueillir deux gaillards en uniforme bleu.

– Porte fermée, volets fermés, que se passe-t-il, ici ? s'écria Bernardeau avec bonne humeur.

– Quel bon vent t'amène ? demanda Angelo.

– Je suis allé rendre visite à ma mère et j'ai pensé que je devais en profiter pour visiter ton vin blanc.

Angelo désigna Ancelin.

– J'ai sauvé monsieur d'une bande de brigands.

Le lieutenant fronça les sourcils.

– Des brigands ?

– Les pires : les hommes de la Chevreuse.

Bernardeau le menaça du doigt.

– Tu finiras...

– Sur le bûcher, je sais. Mais je ne brûlerai pas, je suis beaucoup trop vert pour ça. En attendant, ce garçon, Ancelin, Ancelin d'Amboise, doit se rendre à Paris, et j'aimerais qu'il arrive là-bas vivant.

– Pourquoi Paris ? Et pourquoi si vite ? demanda Bernardeau.

– Je dois avertir le roi, dit Ancelin.

– De quoi ? De la saveur de ce vin blanc qui n'a pas son pareil dans le royaume et qui se fait attendre ?

Angelo fit signe à Jeanne qui apporta un pichet et trois gobelets.

– L'avertir d'une conspiration, poursuivit Ancelin.

Le grand mousquetaire qui accompagnait Bernardeau vida son gobelet d'un trait, puis constata gaiement :

– Tout le monde conspire de nos jours, c'est la mode.

– Pour assassiner le roi ?

Ancelin, pris de vertige, se laissa aller en arrière.

– C'est sérieux ? grogna Bernardeau en buvant à son tour.

Angelo se frotta le menton recouvert de râpe grise.

– Il ne tousse pas, mais il a perdu beaucoup de sang. Il faudrait un médecin.

– Pas de médecin ! supplia Ancelin. Menez-moi à Paris, le temps presse !

– La conspiration, c'est sérieux ? répéta Bernardeau.

Angelo haussa les épaules.

– S'il l'affirme ! On ne tue pas un homme sans raison. Ceux qui le traquent veulent l'empêcher de parler, et ils emploient les grands moyens : douze hommes, des chiens... On va prendre la charrette, aidez-moi.

Ils sortirent, attelèrent un puissant cheval bai à un chariot, chargèrent des tonnelets de vin sur le véhicule, en ménageant une place où ils étendirent le blessé enveloppé d'une couverture de laine. Angelo monta sur le banc. Il avait endossé la fourrure qui lui donnait l'allure d'une bête. Les deux mousquetaires étaient déjà en selle.

– Nous allons vous escorter jusqu'au Louvre, décida Bernardeau.

– Pas le Louvre, rue de Tournon, exigea Ancelin.

Angelo se retourna sur son banc.

– Qu'y a-t-il, rue de Tournon ?

– Le cardinal.

– Richelieu ! grogna Angelo. Ce bougre n'est pas mon ami.

Le grand mousquetaire s'esclaffa :

– Il n'est l'ami de personne.

– Si, du roi, répliqua Ancelin.

La douleur de sa poitrine était si violente qu'il se retenait de gémir chaque fois que les cahots le projetaient sur les tonneaux et que sa poitrine heurtait le bois. « Mourir, mais pas tout de suite », pensait-il. Il fallait qu'il arrive à temps pour prévenir le cardinal et démasquer les traîtres.

De la Butte-aux-Cailles, l'attelage descendit en direction de l'hôpital Saint-Jacques. Le délire s'empara d'Ancelin. En voyant les uniformes bleus qui l'escortaient il imagina qu'il était à la guerre, la veille d'une bataille. Ses compagnons l'entouraient, ils veillaient sur lui comme il veillait sur eux. Des blessures, il en avait eu d'autres. Combien, déjà ? Sa mémoire était brumeuse. Il s'endormit.

Au bout d'une heure, la charrette s'arrêta devant l'hôtel du cardinal. Des mains le saisirent, on le portait. Il se débattit, croyant avoir affaire aux traîtres.

– Tout doux, dit Angelo.

L'accent rassura le blessé. C'était un ami, un frère d'armes. Il reprit tout à fait ses esprits en apercevant Aubertin. Il était chez le cardinal, il avait donc réussi !

Ceux qui le portaient le déposèrent dans une pièce basse, à l'écart des regards curieux. La table où on l'étendit était dure. Aubertin donnait des ordres, envoyait quérir un chirurgien.

– Attendez ! s'écria Ancelin. Écoutez-moi d'abord.

Pourquoi Aubertin ne voulait-il pas l'entendre ? Il s'adressait aux autres :

– Je vous remercie d'avoir pris soin de M. d'Amboise. Puis-je connaître vos noms ? Le roi vous saura gré de votre fidélité.

Ils se nommèrent :

– Lieutenant Bernardeau.

– Enseigne Argeville.

Seul Angelo demeurait muet, fâché d'être chez l'ennemi des protestants.

– Et vous, monsieur ? insista Aubertin.

Son cousin répondit à sa place :

– Angelo Contini, capitaine des dragons du roi Henri.

– Je ne vous oublierai pas, promit Aubertin.

Angelo haussa les épaules et se pencha à l'oreille d'Ancelin :

– Moi non plus, je ne t'oublierai pas, soldat.

18

Un coup de foudre

Celui qui soigna Ancelin, les premiers jours, était le propre chirurgien du cardinal, un homme de génie. Le travail était délicat : en lui labourant la poitrine, la balle avait brisé deux côtes. Malgré la perte de sang, la blessure n'était pas mortelle, mais très douloureuse. La liqueur de pavot le soulagea. Au bout d'une semaine, il put se lever et regagner son logis. Il se croyait guéri quand une fièvre maligne se déclara. Son corps se mit à brûler pendant des jours et des jours. Sa logeuse, Nicole Bertin, l'avait soigné avec dévouement, mais craignant pour sa vie, elle prévint ses amis.

Malgré les infusions d'anémone et d'armoise, préconisées par le chirurgien, la température du corps ne baissait pas. Elle agissait sur le cerveau en provoquant de violents délires qui affolaient la digne Mme Bertin.

Ancelin luttait contre la mort. Au plus fort de ses divagations, une main très douce l'apaisait, elle le bordait, le nourrissait, lui administrait ses médicaments. Avec elle, il devenait docile. Il crut que c'était Adèle, la fille de sa logeuse, puis il reconnut Louise et il ne tarda pas à guérir.

Il se sentait faible, mais le soleil inondait sa chambre ; c'était le matin. Il avait envie de sortir, de se promener au bord de la Seine en tenant cette main qui l'avait si bien soutenu.

Comme si elle avait lu dans ses pensées, Louise entra dans la pièce et lui sourit :

– Tu es réveillé ?

Il ferma les yeux, essayant de rassembler les débris de sa mémoire, puis demanda :

– J'ai dormi longtemps ?

– Très !

Elle posa sa main sur son front et constata :

– Tu n'as plus de fièvre.

– C'est toi qui m'as soigné ?

– Oui, seigneur.

– Depuis quand es-tu là ? grommela-t-il.

Il répugnait d'exhiber, devant celle qui l'avait toujours considéré comme un héros, l'individu faible, hirsute, barbu et transpirant qu'il était devenu.

– Tu as maigri, fit-elle.

– Je sais.

Il regretta d'avoir répondu sèchement alors qu'elle s'était montrée si dévouée.

– Et la reine Marie ?

– Elle n'a pas maigri.

Il ignora la plaisanterie.

– Elle doit s'étonner de ton absence.

Louise secoua les boucles échappées d'un petit bonnet de dentelle.

– Elle m'a accordé un congé pour aller soigner mon frère.

– Ton frère !

Elle se sentit rougir et porta les mains à ses joues.

– Mon inconsciente, tu n'as pas répondu, depuis combien de temps ? insista Ancelin.

– Huit jours, non, neuf.

Il se dressa, cherchant ses habits. Elle tenta de le retenir.

– Le médecin a dit...

– Je me fiche du médecin !

Au même instant, on frappa à la porte de l'appartement. Louise mit un doigt sur ses lèvres et passa dans la pièce voisine. Ancelin perçut des voix sans saisir les paroles échangées, puis Louise revint et chuchota :

– Il y a cet homme – je l'avais pris pour un médecin –, il est venu presque chaque jour prendre de tes nouvelles.

– Quel homme ?

– Grand, élégant, il ne m'a pas dit son nom.

– Mes habits !

La jeune fille prit l'air réprobateur.

– Tu vas te lever? Ta blessure...

– Dépêche-toi!

Il ôta sa chemise. Il était nu, impatient. La maigreur lui allait bien. Elle lui tendit son pantalon et sa tunique. Il s'habilla avec effort, puis commanda:

– Fais-le entrer!

C'était Aubertin, comme il le pensait. En le voyant debout, le secrétaire se réjouit.

– Vous allez mieux! Son Éminence sera contente. Elle demande souvent de vos nouvelles.

– Mais le cardinal, comment va-t-il? s'inquiéta Ancelin en offrant au visiteur l'unique siège de la chambre.

Lui s'assit au bout du lit tandis que Louise s'adossait au mur, bien décidée à écouter leur conversation.

– Il ne s'est jamais aussi bien porté, grâce à vous!

– Les conspirateurs, vous les avez arrêtés?

– Ils vont l'être, assura Aubertin. Henri de Talleyrand est passé aux aveux.

– Un gentilhomme si courtois, soupira Ancelin.

Le secrétaire haussa les épaules.

– Un sot ! Un pantin dont la duchesse tire les ficelles.

– Et Monsieur ?

– Le frère du roi devait venir avec sa bande d'écervelés au château de Fleury où se trouvait le cardinal...

Ancelin porta la main à son front.

– C'est cela. Ils devaient déclencher une querelle et tuer le cardinal d'un coup d'épée malencontreux, c'est ce qu'ils avaient résolu.

Aubertin sourit d'un air sombre.

– C'était le plan, pareil en tout point à ce que vous m'avez rapporté. Six gentilshommes se sont présentés à Fleury, comme convenu, pour annoncer la visite de Gaston, le lendemain.

– Qu'a fait Son Éminence ?

– Elle les a remerciés.

– C'est tout ?

– Non, vous devez commencer à connaître le cardinal. Il s'est mis en route aussitôt. En pleine nuit, il a gagné Fontainebleau où résidait la cour. Il arrive au point du jour. Le frère du roi est encore endormi.

Le cardinal entre dans sa chambre et lui présente respectueusement sa chemise : « Monseigneur, vous comptiez venir me rendre visite à Fleury, j'en étais honoré. Hélas, j'ai affaire à Paris pour le service du roi. Cependant, ma résidence est à votre disposition. Restez-y autant qu'il vous plaira. Moi, je m'installerai ailleurs pour ne pas vous déranger. »

– Bien joué ! pouffa Ancelin. Et qu'a fait Monsieur ?

– Il a compris que son complot était éventé. Le cardinal était hors d'atteinte. Le roi a offert à son ministre une puissante garde militaire. Impossible d'attenter à sa vie !

– Et les autres, la duchesse, le gouverneur, le grand prieur ? Comment ont-ils réagi ?

– César et Alexandre de Vendôme ont été arrêtés et emprisonnés par ordre de Sa Majesté.

– Les fils d'Henri IV en prison !

– Les demi-frères du roi sont des envieux, des insensés qui se croient tout permis sous prétexte qu'ils ont quelques gouttes de sang royal.

– Vous dites que Talleyrand a avoué. Lui a-t-on pardonné ?

– Le roi l'aurait fait, peut-être, s'il s'était tenu tranquille. Mais il a essayé de fuir à l'étranger en compagnie de Monsieur. Leur tentative a échoué : ils ont été rattrapés. La duchesse de Chevreuse, elle, n'a pas désarmé. Pour l'instant, elle reste insaisissable et demeure dangereuse. Gaston, lui, s'est montré lâche, à son habitude. Il a dénoncé tout le monde : la reine, la duchesse, Talleyrand, Longueville, Soissons, et tous les gentilshommes qui se sont joints à eux.

– Tous ! murmura Ancelin. À ce propos, je voudrais que le cardinal se montre indulgent envers l'un de mes amis qui s'est fourvoyé parmi les conspirateurs. Il se nomme Richard de Villers. On le surnomme Soubise.

Louise porta la main à sa bouche.

– Soubise !

– Lorsque j'étais prisonnier de la duchesse, il m'a aidé à m'évader, poursuivit Ancelin. C'est donc grâce à lui que j'ai pu mettre en garde Son Éminence.

Le secrétaire secoua la tête.

– Quelqu'un vous a aidé, en effet, mais ce n'est pas Soubise.

– Pas lui ! Qui, alors ?

– Elle se nomme Angélique de Beaulieu.

Ancelin éclata d'un rire amer.

– Angélique ? Impossible : cette fille me hait !

– Il faut croire que non. Nous avons la confession d'Henri de Talleyrand. Il est formel : Mlle de Beaulieu a soudoyé ou neutralisé vos gardiens. Vous avez pu vous enfuir grâce à elle. En faisant cela, la jeune fille n'a pas hésité à s'exposer aux foudres de la duchesse. Si la vérité surgissait, la protection de la reine ne suffirait pas à lui épargner la vengeance de Mme de Chevreuse, cette femme impitoyable.

– Elle est en danger ?

– Pas dans l'immédiat ni jamais, je l'espère : la confession de Talleyrand est confidentielle. On parle même de détruire les documents parce qu'ils incriminent la reine. De plus le prisonnier est au secret.

– Angélique de Beaulieu, murmura Ancelin, pensif. J'ai du mal à le croire : je la connais à peine.

Comment avouer qu'il avait sauvé la vie d'une jeune femme compromise dans une conspiration contre le roi ? Aubertin dissimula un sourire.

– Si vous la connaissez si peu, il faut croire que vous avez fait sur elle une forte impression. Ce que les Anglais appellent *love at first sight* : coup de foudre.

Il se leva aussitôt et pria Ancelin de rester assis.

– Dès que vous irez mieux, rendez visite au cardinal. Il est impatient de vous témoigner sa reconnaissance et d'évoquer votre avenir.

– Une nouvelle mission ?

– Si votre état le permet.

Ancelin effleura son pansement.

– On ne s'ennuie jamais au service de Richelieu.

– Jamais, confirma Aubertin sans ironie.

Le convalescent s'abîma dans ses pensées tandis que Louise raccompagnait le secrétaire du cardinal. Quand elle revint, elle lui lança un regard inquisiteur.

– Je suppose que Mlle de Beaulieu est fort belle.

– Moins que toi.

– Menteur ! Lorsque tu me regardes, tu n'as jamais ces yeux-là.

– Qu'est-ce qu'ils ont de particulier, mes yeux ?

– Ils brillent.

Ancelin prit l'air innocent.

– Ne suis-je pas ton frère ?

– Certainement pas !

– La reine Marie prétendrait le contraire.

La jeune fille saisit une botte et menaça de la lui lancer à la tête.

– Tu mériterais...

– Aucune femme au monde ne m'aurait soigné avec une telle douceur, Louise. J'ai guéri grâce à toi, murmura-t-il avec émotion.

Elle se boucha les oreilles et supplia :

– Tais-toi ! J'aime encore mieux quand tu te moques de moi.

Voyant la jeune fille au bord des larmes, il voulut la serrer dans ses bras, mais elle s'esquiva.

– Ne répète à personne ce que tu viens d'entendre, recommanda-t-il.

Elle haussa les épaules, maussade.

– Répéter quoi ? Que tu es amoureux d'une autre ?

– Ce n'est pas d'elle qu'il s'agit, tu le sais bien. Nul ne doit découvrir que je suis au service du cardinal.

Elle s'essuya les yeux, puis elle le regarda avec gravité.

– Je te le promets.

19

L'été de tous les dangers

Ancelin savait que Richelieu avait été souffrant. En route pour la Bretagne, où il devait retrouver le roi, il avait dû s'arrêter à Limours, à dix lieues de Paris, pris d'une fièvre si dangereuse que les médecins avaient craint pour sa vie. La maladie du cardinal était la même que la sienne, mais la cause était différente. Au lieu d'être provoquée par une blessure, l'infection venait de la haine de ses ennemis qui le rongeait comme un poison violent.

Ancelin avait attendu huit jours avant de pouvoir le rencontrer. S'il avait survécu à l'épreuve, l'homme de fer n'était plus que l'ombre de lui-même. Son corps amaigri flottait dans sa robe rouge et sa main tremblait tandis que son visiteur s'inclinait pour baiser son anneau.

La voix, elle, était toujours aussi ferme :

– Monsieur d'Amboise, vous avez rendu un grand service au roi en me sauvant la vie.

– J'allais déclarer la même chose à Votre Éminence.

Dans le visage sévère du ministre, seuls les yeux sourirent.

– Je constate avec plaisir que vous allez mieux. Cela tombe bien car j'ai besoin de vous.

Richelieu se pencha sur sa table de travail. Ancelin en profita pour examiner le bureau. Il avait été admis à deux reprises dans cette pièce. Ce jour-là, il la trouva différente. Dix candélabres et un grand lustre brillaient comme si le cardinal redoutait l'obscurité.

« Ses ennemis le menacent encore. Pourtant la plupart sont en prison », songea Ancelin. Une véritable armée veillait sur l'hôtel. Le visiteur avait dû justifier sa présence à cinq reprises avant d'atteindre l'antichambre du ministre.

Richelieu revint avec un document qu'il déroula pour le présenter à Ancelin en disant :

– Voici vos titres. À partir d'aujourd'hui, vous êtes messire Roger de Méricourt. Vos terres se trouvent en Poitou. Elles comprennent cent arpents de champs et de bois et un petit château délabré que vous pourrez restaurer un jour. Ce domaine pourra être élevé au rang de seigneurie avec le consentement de Sa Majesté.

– Comment justifier un tel présent ? demanda Ancelin.

– C'est un don de votre père.

– Décidément, mon père est bien généreux ! ironisa Ancelin.

– Le roi l'est davantage à son égard. Il a intérêt à léguer ce qu'on lui demande et à se taire.

– Je comprends mieux.

– Donc, vous vous présenterez désormais sous ce nom : Méricourt.

– Que ferai-je d'Amboise ?

Le cardinal balaya l'objection :

– Oubliez-le pour l'instant. Mes ennemis sont aujourd'hui les vôtres. C'est un fâcheux héritage, aussi devez-vous être prudent.

Il revint à son bureau, apposa son sceau sur le document et le remit à Ancelin.

– Le choix du Poitou est fortuit. Cependant, il vient à point pour servir nos intérêts, poursuivit-il. La plupart des conspirateurs sont enfermés à Vincennes. Monsieur est désarmé. Le comte de Chalais, Henri de Talleyrand, sera bientôt exécuté.

– Talleyrand ! s'exclama Ancelin. La duchesse n'est-elle pas plus coupable que lui ?

Le regard d'aigle du ministre le renseigna. Il disait : « S'il ne tenait qu'à moi... »

– L'époux de la duchesse est duc de Lorraine, elle est donc de sang princier et, à ce titre, intouchable. Le roi s'est contenté de l'exiler dans sa propriété du Poitou. Je sais qu'elle n'a pas renoncé à son coup d'État. Cette femme est née pour comploter. Lorsque la concorde s'instaure, elle s'ennuie. Elle a besoin d'intrigues comme d'autres ont besoin d'air pour respirer. Elle rêve de voir Monsieur monter sur le trône de France afin de régner à sa place. Ne souriez pas, monsieur, la menace est sérieuse !

– C'est la manière de parler de Votre Éminence qui me fait sourire.

– Vous êtes bien le seul à en rire. Je veux savoir ce que trame la duchesse. Pensez-vous être capable de vous introduire dans sa demeure ?

– La duchesse me connaît, objecta Ancelin. Elle n'ignore pas que je suis à votre service.

– Je sais cela, dit Richelieu.

Il se frotta les lèvres, agitées d'un tic nerveux.

– Nous pourrions nous fâcher, vous et moi. Imaginons... Vous seriez en disgrâce, injustement accusé... Ou bien j'aurais été ingrat envers vous. Vous voudriez vous venger en ralliant le camp ennemi.

– Qui le croirait ?

– Pas la duchesse, certes, elle est trop subtile. Quand on est accoutumé à trahir les autres, on se méfie de tout le monde. Mais Angélique de Beaulieu... Vous seriez amoureux d'elle.

– Comploter par amour ?

– Henri de Talleyrand l'a fait pour les beaux yeux de la duchesse.

– Voyez où ça l'a mené, monseigneur, railla Ancelin.

– Je vous rappelle que vous auriez un autre motif de souhaiter ma mort : l'ingratitude.

– Angélique est trop fine pour croire à cette fable.

– Elle sera flattée du pouvoir qu'elle exerce sur vous. Et vous avez une excellente raison de vous jeter à ses pieds.

– Une raison, monseigneur ?

– Votre évasion, voyons. Ne vous a-t-elle pas sauvé la vie ?

– C'est juste, acquiesça Ancelin.

– Et puis il y a cet enlèvement manqué, un héros qui surgit de l'ombre et tue deux hommes, des envoyés de la reine mère, si je suis bien renseigné. L'aventure ne vous rappelle rien ?

– Moi, monseigneur ? murmura Ancelin d'un air innocent.

– Le héros était un bretteur de première force.

– Un spadassin.

– J'espère que non !

Le regard acéré du ministre le guettait avec une lueur qui ne trompait pas : c'était de l'ironie. « Ce diable d'homme sait tout », songea Ancelin mal à l'aise.

– Qu'attendez-vous de moi, monseigneur ? murmura-t-il.

– Je vous l'ai dit : allez remercier Mlle de Beaulieu, faites enregistrer vos titres, courez en Poitou, mêlez-vous aux conspirateurs et revenez me dire ce qui se prépare. Votre blessure ?

Ancelin porta la main à son côté gauche.

– Un mauvais souvenir.

Le cardinal pâlit. Puis il saisit un tisonnier et remua les braises de la cheminée. Lorsqu'il se redressa, son visage avait retrouvé ses couleurs.

– Angélique de Beaulieu est auprès de la reine, elle la console, poursuivit-il d'une voix sourde. Anne d'Autriche est furieuse de voir son amie exilée. Elle croit que la duchesse de Chevreuse est pour elle une sœur alors qu'elle est son mauvais ange. La duchesse la manipule, elle attise ses rancœurs contre le roi, pousse Gaston dans ses bras. Angélique est de meilleur conseil, c'est pourquoi le roi la ménage.

« Moi aussi », aurait-il pu ajouter. Il se retourna et agita sa sonnette pour mettre fin à l'entretien.

– Ne tardez pas : la duchesse risque de s'envoler, ajouta-t-il.

Ancelin s'inclinait quand Aubertin parut. Richelieu était déjà assis à son bureau en train d'écrire.

– Son Éminence n'a pas dormi de la nuit, confia le secrétaire à voix basse. L'ennemi est une hydre. On coupe ses têtes, elles repoussent aussitôt. Prenez garde à vous.

La sympathie que lui manifestait Aubertin lui réchauffa le cœur. Sa nouvelle mission lui semblait plus difficile que celle qui avait failli lui coûter la vie. Après avoir quitté la rue de Tournon, il retourna rue des Prouvaires pour y déposer la charte de ses propriétés. Avant de la faire enregistrer, il se rendit chez Angélique avec l'impression de se jeter à l'eau du haut d'une falaise.

La jeune fille habitait dans le petit hôtel de Beaulieu, rue Saint-Merri, près du Marais. Ses parents résidaient toute l'année en Normandie. Elle vivait là en compagnie de sa tante, qui veillait sur elle.

Lorsqu'il se présenta, on lui répondit qu'Angélique était au Louvre. Il laissa son nom en prévenant qu'il reviendrait le lendemain.

Il était soulagé de son absence : la pensée de lui mentir lui était intolérable. En rentrant chez lui, il rencontra Entraigues et Henriet, accompagnés de Marion et de Louise. Les jeunes gens revenaient d'un spectacle donné par la Comédie-Italienne. Ils l'embrassèrent comme s'ils se retrouvaient après une longue absence.

Cependant, après leurs premières effusions, il lui sembla qu'Entraigues le considérait d'un air soupçonneux. N'y tenant plus, son ami lui demanda :

– Que fais-tu avec le cardinal ?

– Je sers le roi, c'est tout, répondit sèchement Ancelin.

– Un service bien dangereux : tu as failli y laisser ta peau.

– Toi aussi, bien des fois.

– À la guerre !

– Moi aussi.

– On raconte que le cardinal a exigé la tête du comte de Chalais, Henri de Talleyrand, dit Marion.

Ancelin haussa les épaules.

– Non, au contraire, il a demandé la grâce du comte, le roi l'a refusée.

– Il a fait semblant !

– Un si brave gentilhomme, soupira Henriet.

Ancelin hocha la tête d'un air sombre.

– J'avais de l'amitié pour lui. Il était de première force à l'épée, et de la dernière en politique.

Ils se turent en entrant dans un cabaret, face à la fontaine de la rue des Cinq-Diamants. Une fois installée, Louise chuchota à l'oreille d'Ancelin :

– Je n'ai rien dit.

– Je sais.

Il lui caressa les cheveux d'un geste tendre, en murmurant :

– Tu me manques. Je m'étais habitué au cocon de douceur que tu tissais autour de moi.

Elle repoussa sa main.

– Tu as beau jouer les poètes, tu ne rêves que de coups d'épée.

– L'un n'empêche pas l'autre.

– Le repos du guerrier, pas vrai ? De toute manière, je repars demain.

– Où ça ?

– À Blois, d'abord, puis à Nantes. La reine Marie me réclame.

– Ça prouve qu'elle t'aime bien.

La jeune fille leva les yeux au ciel.

– La reine n'aime personne, sauf elle-même. Quand elle engage une femme, elle devient son esclave. Je préférerais servir Anne d'Autriche.

– J'essaierai de te recommander à elle, promit Ancelin.

Louise lui lança un regard surpris.

– Tu connais la reine ? Je croyais...

Ancelin se mordit les lèvres. Il avait parlé sans réfléchir. Ni la recommandation du cardinal ni celle du roi ne pourraient l'introduire auprès d'Anne d'Autriche. Il avait songé à Angélique et Louise le comprit. En vivant chez lui, elle avait découvert bien des secrets. Ancelin vit flamber la colère dans les beaux yeux de la jeune fille. Il détourna l'attention sur Talleyrand.

– Son parrain était le roi Henri IV et il est maître de la garde-robe royale, un grand seigneur. Louis XIII se laissera fléchir.

– Le roi aurait un cœur ? ironisa Henriet à mi-voix.

– Tu nous as déjà servi cette plaisanterie à propos du cardinal.

– C'est que, dans les deux cas, on peut se poser la question, ou plutôt y répondre.

Les amis éclatèrent de rire. Le cabaret était chaleureux. On y servait du vin de Touraine et des gâteaux aux épices. Dehors, il pleuvait. Lorsqu'ils sortirent, Ancelin ôta son manteau pour en couvrir

Louise. D'un mouvement d'épaules, la jeune fille le fit tomber par terre et resta sous la pluie.

– Jalouse ! railla Ancelin.

– Arlequin ! répliqua-t-elle.

– C'est toujours le grand amour, vous deux, constata Entraigues en riant.

Au même instant, à travers le rideau de pluie qui inondait la rue, Ancelin aperçut un individu vêtu de noir aux allures de prêtre. Il était certain d'avoir croisé cet homme à plusieurs reprises. Le surveillait-on ?

20

Satan

Ancelin eut du mal à retrouver la ferme. La Butte-aux-Cailles offrait un lacis de chemins entre vignes et futaies avec, de temps en temps, des bâtiments couverts de chaume qui se ressemblaient tous. Ce furent les aboiements des molosses qui le guidèrent : Brac et Satan ! Il se souvenait encore de leur nom. Les chiens foncèrent sur lui en grondant. Au lieu de fuir, Ancelin s'accroupit et tendit les mains. Aussitôt ils s'arrêtèrent, le flairèrent. L'un d'eux se mit à gémir.

Angelo sortit de la maison. Malgré la chaleur estivale, il portait sa sempiternelle fourrure. La main en visière pour se protéger du soleil, il cherchait à distinguer ce qui provoquait la fureur, puis le plaisir de ses fauves. Ancelin se releva. Le paysan examina son habit, son feutre et l'épée attachée à son baudrier, puis il s'épanouit.

– Ainsi, tu as survécu !

– Grâce à toi.

Le vieux soldat se frotta le menton d'un air de doute.

– Grâce à ta jeunesse. J'étais comme toi, à vingt ans, indestructible. Maintenant... Mais, dis-moi, le roi fait le ménage. C'est vrai ce qu'on raconte : Vendôme, Chalais, Soissons...

– Emprisonnés, et tous fervents catholiques et amis de l'Espagne, expliqua Ancelin, amusé.

Angelo envoya un jet de salive dans le fossé. Puis il regarda le ciel.

– Ne reste pas au soleil.

– Je suis venu vous remercier.

– Ce n'était pas nécessaire, grommela le vétéran. Mais je suis bien heureux de te revoir. Au premier regard, j'ai compris que nous allions nous entendre. J'ai déjà sauvé des animaux blessés par leur meute. Je me souviens d'une biche...

– Merci de la comparaison ! dit Ancelin en riant.

– C'est comme ça, et depuis toujours, grogna Angelo : je préfère tuer les hommes que les bêtes.

– Surtout les papistes, précisa Jeanne dont la silhouette brune venait de surgir de l'ombre.

– Tu ne vas pas recommencer ! Toi, assieds-toi, intima-t-il à Ancelin.

Celui-ci obéit et déposa sur la table un coffret de forme oblongue. Le vieil homme l'examina d'un air méfiant.

– Qu'est-ce que c'est ?

– Un cadeau.

Le vieux soldat esquissa un geste de refus.

– Je ne t'ai pas aidé pour...

– Ouvre-le, le pressa Ancelin.

Angelo manœuvra la serrure avec précaution, entrouvrit le coffret, puis l'ouvrit tout à fait, fasciné.

Il contenait deux pistolets d'arçon à crosse d'ébène incrustée d'argent.

– L'armurier m'a garanti leur précision. Et il m'a remis ceci.

Il détacha un sac de cuir suspendu à son baudrier. À l'intérieur, il y avait de la poudre et des balles.

– Utile quand on est environné de papistes, ajouta-t-il.

– Toi, tu sais parler aux hommes ! s'esclaffa Jeanne.

C'était la première fois qu'il la voyait rire. Angelo, lui, ne faisait plus attention à eux, il maniait l'un des pistolets en maîtrisant mal son émotion. La ferme était pauvre. Ces joyaux rappelaient sans doute au capitaine maudit sa splendeur passée, le temps des uniformes chamarrés et du butin pris à l'ennemi.

Ancelin se réjouissait d'avoir pu s'acquitter de sa dette grâce aux générosités du cardinal.

Les chiens étaient entrés furtivement dans la ferme. Couchés sur le sol de terre battue, ils regardaient tantôt leurs maîtres, tantôt le visiteur. Soudain, le plus grand, Satan, s'approcha d'Ancelin et posa son museau sur sa jambe. Au même instant, Jeanne, qui était passée dans la pièce voisine, revint avec un pichet de vin et des galettes de blé noir.

– Tu as fait sa conquête, fit observer Angelo.

Comme Ancelin grattait le crâne de Satan, il ajouta, malicieux :

– Je ne parlais pas du chien !

Jeanne sourit en retroussant les lèvres sur de belles dents blanches, puis s'éclipsa.

Les deux hommes trinquèrent.

– Au fait, dit Angelo, j'ai récupéré ton cheval. Il est dans ma grange.

– Ce n'est pas mon cheval, celui-là, je l'ai pris pour m'enfuir. Tu peux le garder sans crainte : on ne viendra pas te le réclamer. Le mien, je l'ai laissé dans la forêt, j'aurais du mal à le retrouver. Les bandits ont dû le prendre. Il me manque !

– Je te comprends, soupira Angelo. J'ai eu un compagnon comme le tien. Je l'ai perdu au siège d'Amiens.

Le vin les rendait mélancoliques. Ils grignotèrent une galette du bout des dents. Satan n'avait pas bougé.

– Ton chien m'a adopté, fit remarquer Ancelin.

– Il sait reconnaître mes amis... et aussi mes ennemis, dit Angelo avec un gros rire.

Ancelin se leva, repoussa doucement Satan. Le vieux soldat lui saisit le poignet.

– Rien ne presse.

– Je dois repartir en mission.

Angelo plissa les yeux.

– Le cardinal ?

Ancelin éclata de rire.

– Tu ne l'aimes pas, on dirait.

– C'est lui qui ne m'aime pas : je suis huguenot.

– L'ennemi de Richelieu, c'est l'Espagne catholique. Ses alliés, les protestants des états généraux de Hollande.

Le vétéran se leva lourdement et se caressa le menton.

– Ça, c'est de la diplomatie, pas de l'amitié. On assure qu'il va attaquer La Rochelle, l'une des places fortes accordées aux protestants par Henri IV.

– Seulement si les protestants font appel à l'Angleterre.

Soudain, les chiens bondirent à l'extérieur et se mirent à gronder. Angelo sortit sur le pas de la porte et revint, indifférent.

– Un rôdeur !

Ancelin, qui l'avait suivi, avait eu le temps d'apercevoir une forme noire fuyant à travers les vignes. L'homme ressemblait au personnage qu'il avait aperçu à plusieurs reprises au cours des jours précédents. Richelieu ? Chevreuse ? Ami ? Ennemi ? Il faudrait en avoir le cœur net.

Ancelin reprit son baudrier et son épée. Au moment des adieux, Jeanne revint et lui glissa un petit objet dans la main. Il vit que c'était une médaille pieuse.

– Sainte Sarah, murmura Jeanne. Elle te protégera.

– Sornettes ! gronda Angelo. Pour rester en vie, compte plutôt sur ça.

Il caressa l'épée d'Ancelin. Puis il l'escorta jusqu'à la limite de ses terres. Les chiens le suivirent plus longtemps. Satan fut le dernier. Ancelin avait atteint la route. Il descendit vers Paris à pied comme il était venu, en espérant apercevoir l'homme en noir, le saisir et le confesser. Mais il avait disparu et il l'oublia.

21

La Vierge de San Giorgio

Les jours suivants, Ancelin se présenta à trois reprises chez Angélique. Il obtint toujours la même réponse : « Mlle de Beaulieu est absente. » Ou bien : « Mademoiselle est chez la reine. » Il était évident que la jeune fille refusait de le recevoir.

Il fit une quatrième tentative, « la dernière », se promit-il. Ce soir-là, l'hôtel de Beaulieu était tout illuminé. Un carrosse aux armes de Longueville s'en éloignait. Les jeunes femmes élégantes qu'il venait de déposer passèrent le porche en bavardant à haute voix.

En s'avançant, Ancelin perçut des parfums de fleurs, le grésillement des torches, des rires, un joyeux brouhaha. À l'entrée, les valets n'étaient pas ceux qu'il avait rencontrés au cours des visites précédentes. Au lieu de le renvoyer, ils le firent patienter.

Un long moment s'écoula. Ancelin attendait dans la cour en manteau, son feutre à la main. Il s'était vêtu avec soin bien qu'il eût renoncé à être reçu. Il fut donc pris au dépourvu en la voyant apparaître, si belle qu'il en fut ébloui. Avec sa robe de soie bleue et ses cheveux blonds retenus sur le front par un fil d'or, elle ressemblait à un portrait de la Vierge qu'il avait admiré sur une île de Venise, quelques mois auparavant. La Vierge Marie était très jeune, presque une enfant. Ses traits étaient délicats, son sourire mystérieux. L'église s'appelait San Giorgio.

– Eh bien, monsieur, il paraît que vous êtes bien obstiné !

Un reproche, mais formulé avec une douce ironie. Ancelin s'inclina.

– Pardonnez-moi, mademoiselle. J'étais venu vous remercier.

Les yeux de la jeune fille s'agrandirent.

– Me remercier ? Et de quoi, grands dieux ?

– Mais de m'avoir sauvé la vie.

Il eut l'impression qu'elle pâlissait. Elle quitta aussitôt son air de grande dame et dit :

– Venez, vous me conterez cette fable.

Elle le conduisit dans un salon aux allures de boudoir. Le sol recouvert de tapis et les murs ornés de tapisseries étouffaient le bruit de la fête. Après avoir refermé la porte avec soin, elle l'invita à la rejoindre devant une fenêtre où trois cierges blancs brûlaient dans un chandelier d'argent. Il régnait là une intimité qui l'intimida malgré lui.

– Je donne un souper d'adieu, crut-elle bon d'expliquer.

– D'adieu ? répéta-t-il.

Elle fit la moue.

– On m'exile, voyez-vous. Il paraît que je suis dangereuse. Eh bien, qu'avez-vous à me dire ?

Je vous trouve bien silencieux pour quelqu'un qui me harcèle depuis huit jours.

– Vous m'avez délivré et...

– Moi ? Allons donc !

Elle émit un petit rire contraint.

– Grâce à vous, j'ai pu quitter la prison où l'on m'avait enchaîné.

– Je ne suis pour rien dans cette évasion. S'il n'avait tenu qu'à moi...

– Qu'auriez-vous fait ?

– J'aurais évité de mettre mes amis en danger, la plupart ont été arrêtés. Mais vous êtes bien placé pour le savoir !

Il porta la main à sa blessure.

– Vos amis ne m'ont pas ménagé.

– Vous avez survécu, semble-t-il.

– Ce n'est pas grâce à eux, mais grâce à vous, Angélique.

– Puisque je vous répète que non !

Elle s'agita, et sa nervosité la rendit encore plus belle.

– Inutile de nier : je le sais !

– Il est vrai que vous êtes au cardinal. Richelieu sait tout ce qui se passe dans le royaume, il a des espions partout, jusque dans la chambre de la reine, dit-elle avec mépris.

– Je ne suis à personne !

– C'est à mon tour de dire : je le sais !

– Ce n'est pas bien de lire le courrier des autres, railla-t-il.

Elle rougit, comprenant qu'il faisait allusion à la lettre qu'elle avait ouverte dans son logis. Mais elle riposta aussitôt :

– C'est vous qui m'avez donné l'exemple en volant le courrier de la reine, sur la route d'Arcueil. L'avez-vous oublié ?

Ancelin se troubla à son tour. Ils restèrent un long moment silencieux, aussi mal à l'aise l'un que l'autre. Puis, au moment où il s'y attendait le moins, elle avoua à voix basse :

– Il est vrai que je vous ai délivré, monsieur. Si la chose venait à s'ébruiter, mes amis ne me le pardonneraient pas, et ils auraient raison. En vous aidant, je les ai trahis. J'avais une dette envers vous, vous m'aviez sauvée, je vous ai aidé. À présent nous sommes quittes.

– Quittes, pas tout à fait. Je me sens redevable envers vous.

Elle eut un geste d'impatience et, dans le mouvement, laissa tomber le mouchoir brodé qu'elle tenait dans sa main. Ancelin le ramassa.

– N'y pensez plus ! exigea-t-elle d'un ton impérieux. Vous êtes l'ami du cardinal, je suis l'amie de la reine. Ces dévouements sont inconciliables.

– Richelieu n'est pas mon ami !

Elle éclata d'un rire moqueur.

– Il est vrai que cet homme n'éprouve aucun sentiment pour personne. Disons votre maître, si vous préférez.

– Je l'ai servi, il est vrai, admit Ancelin. J'avais tué Louis de Puylaurens, j'aurais dû être exécuté. Richelieu m'a gracié. En échange, j'ai dû lui rendre quelques services dont je n'ai pas lieu d'être fier, mais c'est terminé, je suis libre.

– Il vous a délivré, lui aussi ? railla Angélique.

– Non, cette fois, je n'ai eu besoin de personne pour briser mes chaînes.

– On m'a rapporté, en effet, que vous étiez en froid à cause d'une femme, mais je ne l'ai pas cru, dit-elle avec dédain.

– Cette femme était emprisonnée à la Salpêtrière pour un vol qu'elle n'avait pas commis. Le cardinal s'était engagé à ordonner sa libération. Il n'a pas tenu sa promesse.

– Il le fera. Comment se priver d'un espion de vos capacités ?

– Il est trop tard : cette femme est morte. Incapable de supporter le déshonneur, elle s'est pendue.

– C'est terrible, murmura Angélique.

– Terrible, en effet. Cette femme, Lucille de Boisrobert, était ma sœur.

Angélique, émue, s'assit sur un siège en étalant sa robe d'un geste gracieux.

– Votre sœur !

Ses yeux étaient fixés sur Ancelin pour savoir si elle pouvait le croire, et le jeune chevalier soutenait bravement son regard. Cette histoire avait été inventée par le cardinal. Lucille de Boisrobert s'était réellement donné la mort dans ces conditions dramatiques, elle était innocente du crime dont on l'accusait, tout était vrai, à un détail près : elle n'avait aucune parenté avec Ancelin.

– Cette pauvre femme était donc la fille du seigneur d'Amboise ?

– Non, mais de ma mère, Marie de Boisrobert. Vous savez sans doute que mon père ne m'a pas reconnu. Lucille était ma demi-sœur.

En voyant des larmes dans les yeux d'Angélique, Ancelin s'en voulut de lui avoir menti. Il était sur le point de lui avouer la vérité quand un jeune gentilhomme pénétra brusquement dans le salon.

– Eh bien, Guillaume, s'indigna la jeune fille. Quelles sont ces manières ? Vous auriez pu frapper avant d'entrer dans un lieu où d'ailleurs vous n'êtes pas le bienvenu !

– On vous attend. Vos hôtes s'impatientent !

En disant cela, le jeune homme examinait Ancelin avec curiosité, attendant d'être présenté.

– Laissez-nous ! ordonna Angélique.

Comme il n'obéissait pas assez vite à son gré, elle lui désigna la porte.

– Sortez donc !

Le gentilhomme devint tout pâle et décocha un regard meurtrier au visiteur. Il était visiblement amoureux d'Angélique et jaloux. « Encore une de ses victimes » pensa Ancelin. Dès qu'ils se retrouvèrent seuls, il s'empressa de dire :

– Pardonnez-moi d'avoir troublé votre fête. Je quitte Paris demain pour me retirer à Méricourt, près de Poitiers. J'ai là-bas une méchante demeure, l'un des rares présents de mon père, où je vais résider quelque temps pour me faire oublier. L'air de Paris ne m'est pas plus salutaire qu'à vous-même. Et, puisque vous partez, de toute manière, plus rien ne me retient ici.

Le compliment ne sembla pas la toucher. Elle murmura pensivement :

– Ainsi, vous n'avez plus de protecteur.

Il caressa son épée.

– Non, mais j'ai une protectrice.

Elle se leva, lui tendit la main, puis se ravisa.

– Mais je connais Méricourt !

– Vous ? Je serais surpris qu'il s'agisse du même : quelques champs, une maison délabrée...

– Une forêt charmante, je m'y promène quelquefois. J'habiterai à proximité, chez la duchesse de Chevreuse. Venez nous rendre visite.

Il fit la moue.

– Je doute que ma présence soit agréable à la duchesse.

– Tous les ennemis du cardinal sont les bienvenus dans sa demeure.

Ancelin sourit.

– Après tout, le plaisir de vous revoir vaut bien le danger d'affronter la duchesse.

Réalisant que sa déclaration ressemblait aux banalités débitées par les jeunes gens de son entourage, il s'empressa d'ajouter :

– Si vous avez besoin d'un appui, Angélique, appelez-moi. Je serai toujours heureux de vous défendre, quel que soit l'ennemi.

Elle lui adressa un sourire charmant.

– J'ai déjà fait l'expérience de vos talents, une certaine nuit. Eh bien, nous nous reverrons bientôt, c'est entendu, n'est-ce pas ?

Elle lui offrit sa main et cette fois ne la retira pas. Il l'effleura de ses lèvres, respirant son parfum.

En sortant de l'hôtel, il s'aperçut qu'il avait conservé son mouchoir et qu'elle ne l'avait pas réclamé. Il le glissa dans son pourpoint comme une relique précieuse. Son ivresse était telle qu'il ne remarqua pas la silhouette noire qui le suivait dans le dédale de Saint-Magloire, sinon il aurait reconnu le personnage étriqué à la démarche de prêtre qui surgissait partout où il allait.

22

Le jugement du diable

– Venez vite, la duchesse vous attend.

Angélique conduisit gaiement Ancelin à travers la belle demeure des Rohan. Quelques jours auparavant, elle l'avait accueilli ici même avec un plaisir trop spontané pour être simulé. Ils s'étaient promenés longtemps dans les allées du parc, en échangeant des souvenirs et des confidences, puis elle l'avait raccompagné jusqu'à sa monture en lui faisant promettre de revenir. La duchesse serait là. Elle lui avait fait part de la querelle d'Ancelin et du cardinal. Marie de Rohan était impatiente de le rencontrer de nouveau. « Elle a des projets pour vous. » Cette phrase avait tourmenté Ancelin d'autant plus qu'il avait rencontré, dans ce château, un certain nombre de gentilshommes qui ne le portaient pas dans son cœur, à commencer par le marquis de Villanova.

Comme il en faisait part à Angélique, elle avait plaisanté : « Ne vous souciez pas d'eux : ce sont des molosses, mais dressés à obéir. »

Ils entrèrent dans une pièce au plafond décoré de motifs d'or et d'argent. La duchesse était assise dans un fauteuil de velours qui mettait en valeur sa robe de dentelle. Une élégante société de dames et de gentilshommes l'entourait.

Elle tendit la main au visiteur.

– Monsieur d'Amboise, enfin ! Nous étions impatients de vous accueillir.

Ancelin s'inclina.

– Vous me faites trop d'honneur, madame.

Son habit de cuir, volontairement austère, détonnait parmi les robes et les habits somptueux qui l'environnaient. Loin d'en être embarrassé, il se réjouissait du contraste. Il était fidèle au personnage qu'il voulait incarner : un chevalier à l'honneur intransigeant.

– Nous parlions justement de votre maître ou de votre ennemi. Quel nom lui donner, à propos ? demanda la duchesse.

– Ni l'un ni l'autre, madame. Le cardinal m'est indifférent.

– Il vous a fait grand tort, pourtant.

Ancelin regarda Angélique avec un demi-sourire.

– Je constate que les nouvelles vont vite.

– Tout va très vite, aujourd'hui, dit la duchesse : les passions, les haines, les alliances, les combats, et c'est tant mieux, sans cela, quel ennui !

Un rire discret parcourut l'assemblée. Deux serviteurs apportèrent des boissons dans des coupes de vermeil. « Cet exil n'est pas trop cruel », songea Ancelin en détaillant le luxe du château. Angélique semblait à l'aise parmi ces gens raffinés. Elle parlait avec passion et riait, et il lui en voulait de manifester une séduction qui ne lui était pas destinée.

– Savez-vous que le cardinal a obtenu la tête de notre ami ? lança un gentilhomme.

La question était destinée à Ancelin qui s'étonna :

– Henri de Talleyrand ? N'est-ce pas le roi qui l'a condamné ?

– Certes, admit la duchesse, mais c'est la manière du cardinal qui est ignoble : il a couvert d'honneurs le comte pour mieux le perdre. Imaginez qu'il lui a promis le commandement de la cavalerie légère, Henri en rêvait ! Se croyant l'ami de Richelieu, il lui a fait confiance. Il faut être bien naïf pour tendre la main à un tigre affamé. Ce n'est pas toi, Arthur, qui mordrais nos amis.

En disant cela, la duchesse caressa un petit chien blanc qu'Ancelin avait d'abord pris pour un manchon de fourrure. La bête bâilla en montrant une langue rose. La duchesse continua à lui parler, et Ancelin s'étonna de découvrir tant de tendresse chez cette femme cruelle. Il fallait être un chien pour la mériter !

– Régicide ! s'exclama-t-elle. Henri, régicide ! Le filleul d'Henri IV, le petit-fils du maréchal de Montluc, la noblesse incarnée !

L'assemblée s'indigna.

– C'est un monstre, cet homme-là ! dit une jeune femme avec dégoût.

– Un lâche, ajouta la comtesse. Il n'a pas le courage de s'en prendre à nous, alors il accable ce pauvre Henri. Le jugement a été expédié en deux jours.

– Le jugement du diable ! lança un gentilhomme.

– Le jugement du diable, confirma la duchesse. Accusé du crime de lèse-majesté, Henri de Talleyrand, dont les ancêtres ont fait la gloire du roi au péril de leur vie, a été condamné à avoir la tête tranchée et le corps démembré. Chaque quartier de l'homme que nous aimons sera suspendu à des potences aux quatre avenues de Nantes. Avant ce spectacle barbare, il sera torturé, ses biens seront confisqués, sa descendance déchue de la noblesse...

Sa voix se brisa. Ancelin vit qu'elle pleurait. Elle ne simulait pas : le chagrin la submergeait.

– Pardonnez-moi, murmura-t-elle.

Tous ses fidèles sanglotaient, et Ancelin sentit son cœur se serrer. La duchesse se reprit la première. Elle déclara d'une voix ferme :

– Cela n'aura pas lieu !

Elle se dressa en prenant la précaution de déposer son chien bien-aimé sur son fauteuil. Ancelin comprit comment Talleyrand avait pu être subjugué par la beauté majestueuse de cette femme au point de perdre la raison.

– Comment l'empêcher ? demanda un gentilhomme.

– L'exécution doit avoir lieu le 19 août sur la place du Bouffan, à Nantes, expliqua la duchesse d'une voix farouche.

Le gentilhomme leva les bras au ciel.

– Que faire ? Attaquer l'échafaud ? Délivrer le condamné ? Disperser la garde ? Il y aura des centaines de soldats pour contenir la foule. Il nous faudrait une armée !

– Nous devons gagner du temps, retarder l'exécution.

– Mais ensuite ?

– Enlever le cardinal ? L'échanger contre Henri ?

– Nous avons essayé, souvenez-vous. Ce fut un échec !

– Aujourd'hui, Richelieu est aussi bien gardé que le roi.

Ils parlaient tous à la fois. La duchesse frappa une table de marbre avec un dé d'argent pour rétablir le silence.

– Si l'exécution ne peut se dérouler à Nantes, on devra transférer Henri à Rennes ou à Paris. C'est là que nous agirons : pendant le voyage.

– Soudoyer les geôliers.

– Corrompre les juges.

– J'y ai pensé, dit la duchesse. Mais il existe un moyen plus simple : emparons-nous du bourreau. Sans lui, l'exécution deviendra impossible, car il est seul à avoir ce privilège. Le bourreau de Nantes ! Nous le garderons au secret, lui et tous ses instruments.

– Magnifique !

L'assemblée applaudit. Les dames pleuraient de joie, les hommes offraient leur épée.

– Pas vous, messieurs, vous êtes trop connus. Il faut agir en secret, ne pas donner l'éveil. J'ai besoin de six hommes résolus, ce sera bien suffisant.

Elle se tourna vers Ancelin.

– C'est la raison de votre présence ici, monsieur. J'ai apprécié votre audace et votre adresse. Voulez-vous faire partie de ces héros ?

– Que ferons-nous de cet homme ? demanda Ancelin.

La duchesse eut une moue dédaigneuse.

– Le bourreau ? Pas grand-chose, ces gens-là sont parfois utiles. Vous le conduirez à l'endroit qu'on vous indiquera. D'autres que vous le garderont tant que le comte ne sera pas en sécurité.

Ancelin s'inclina la main sur le cœur.

– Dans ce cas, madame, je suis à vos ordres, très heureux d'aider M. de Talleyrand qui me fait l'honneur de me compter parmi ses amis.

La duchesse lui sourit :

– Dès ce jour, vous comptez aussi parmi les miens.

Les gentilshommes et les dames vinrent féliciter Ancelin. La plupart lui étaient inconnus. Seuls deux d'entre eux faisaient partie des conjurés de Saint-Gratien, et ils n'étaient pas les moins enthousiastes. Cette folle entreprise faisait renaître l'espoir parmi ces exilés.

Ancelin était perplexe : devait-il avertir le cardinal ? Il décida que non : après tout, il ne s'agissait que de jouer un tour au bourreau. Cette idée ne lui déplaisait pas, surtout s'il pouvait venir en aide à Talleyrand, innocent du crime dont on l'accusait.

Les serviteurs servaient du vin de Champagne dans une atmosphère de liesse. Seule Angélique restait à l'écart, la mine défaite. Ancelin s'en étonna.

– Ce projet m'inquiète, chuchota-t-elle.

– Voyez-vous un autre moyen ?

Elle ferma les yeux. Ses doigts, nerveux, déchiraient un petit mouchoir de dentelle.

– Non, mais j'ai un mauvais pressentiment.

Ancelin crut qu'elle s'inquiétait pour lui et il en fut ému.

– Tout ira bien. Je n'aime pas les bourreaux !

– Ce n'est pas à lui que je pense.

– Talleyrand n'a rien à perdre, et moi, j'ai tout à gagner puisque je vais me battre pour vous.

Il eut droit à un pauvre sourire.

– J'admire l'audace de la duchesse, mais je me méfie de ses égarements.

Elle se tut : Mme de Chevreuse s'approchait d'eux.

– Ma chère Angélique, vous l'avez bien jugé. Votre recrue me plaît. Au lieu de raisonner, il attaque comme dans une salle d'armes. Or, dans notre croisade, nous avons plus besoin d'épées que de plumes.

Elle s'adressa à Ancelin :

– Mais vous, monsieur, quelle récompense espérez-vous ?

Comme le regard d'Ancelin s'attardait sur le visage d'Angélique, elle se mit à rire.

– Je vous dispense de répondre à cette question.

23

La maison des Sept Vents

Ancelin caressa la crinière de son cheval et lui murmura à l'oreille :

– Joli, tu ne trouves pas ?

Il aimait de plus en plus son petit domaine, son jardin en friche, ses champs et ses bois. L'ensemble avait appartenu à un gentilhomme ruiné, le baron de Méricourt. Avant d'être saisis par ses créanciers, la demeure et le domaine avaient été rachetés par l'intendant du roi.

Ancelin s'était attendu au pire. En arrivant, il avait été agréablement surpris : bien que partiellement en ruine, la maison avait encore de l'allure, et la campagne ressemblait aux doux paysages du Val-de-Loire. Il imagina le petit château restauré et le titre de baron dévolu à son nouveau propriétaire. Il pourrait vivre là en compagnie d'Angélique.

Aussitôt, il se traita de fou : le lierre descellait les pierres de la tour, les arbres crevaient les toitures en plusieurs endroits, et la salle d'honneur avait servi d'étable. La délicate demoiselle de Beaulieu périrait d'ennui et de privations dans ce décor misérable, à supposer qu'elle tombe amoureuse d'un obscur Méricourt.

Il avait passé les premières nuits dans l'unique chambre habitable. Des corneilles, nichées sous les poutres, poussaient des cris de fantômes, mais la toiture le mettait à l'abri de la pluie.

Quatre métayers cultivaient les champs. Ancelin les avait aperçus de loin à plusieurs reprises sans les saluer, estimant qu'il était de leur devoir de venir se présenter à lui et non l'inverse. Du reste, il n'était presque jamais là. Tous les jours, il se rendait chez la duchesse, et chaque fois, Angélique l'accueillait en ami, au point qu'il se demandait s'ils ne jouaient pas l'un et l'autre une comédie faite de séduction et de mensonges. Il avait besoin d'elle pour surveiller la duchesse, et elle avait besoin de lui pour découvrir les projets du cardinal.

Était-elle dupe de sa manœuvre ? Ancelin avait cessé de s'interroger. L'amour décidait pour lui au point qu'il avait accepté sans réfléchir de participer à cette folle expédition : enlever le bourreau de Nantes !

Il n'était plus temps de reculer. Cependant, il mesurait sa folie : si Richelieu découvrait sa complicité dans une entreprise destinée à braver l'autorité royale, il l'enverrait à la Bastille en dépit des services rendus. Qu'inventerait-il pour sa défense ? C'était le seul moyen de gagner la confiance de la duchesse ? Piètre argument ! Il avait dit oui par amour. Pour plaire à Angélique, il aurait fait bien davantage.

La veille de l'enlèvement, tourmenté par sa conscience, il eut une nuit agitée et ne s'endormit qu'au petit matin. Un jeune paysan le réveilla. Il était grand, solidement charpenté, avec un visage avenant, des yeux clairs, des joues rondes et des cheveux de paille.

– Seigneur, un homme vous demande.

Ancelin secoua la tête pour chasser le sommeil qui lui embrumait l'esprit.

– Qui es-tu ?

Un sourire illumina le visage du jeune homme.

– Yvon, le fils de votre régisseur.

– Et où est-il, mon régisseur ?

Le sourire s'éteignit.

– Il est mort, monsieur. Deux jours après le baron. Depuis, c'est moi qui m'occupe de la maison et des fermes. Je vous ai apporté des fruits. Vos fermiers sont impatients de faire votre connaissance, je leur ai expliqué que vous étiez un jeune seigneur glorieux et généreux, et...

Ancelin interrompit le flot volubile :

– Une visite, disais-tu ?

Yvon se frappa le front.

– Un homme, oui, un prêtre, je crois. Un étranger.

Ancelin quitta sa paillasse et commença à s'habiller en ordonnant :

– Fais-le monter, ou plutôt, non, je vais descendre.

Comme il ceignait son épée, il vit briller les yeux du paysan.

– Vous avez de belles lames, messire.

Ancelin fronça les sourcils.

– Tu as fouillé dans mes affaires ?

Le garçon rougit jusqu'aux yeux.

– Non, monsieur, je veux dire, oui. C'est que j'ignorais votre arrivée. J'ai l'habitude de surveiller la maison, il y a tant de rôdeurs dans le pays.

Ancelin désigna les ruines.

– Vois-tu des richesses à piller ?

– Non, mais les bandes s'installent dans les demeures abandonnées. À Arney, il a fallu les soldats de l'évêque pour les déloger, et en partant, ils ont incendié le château.

– C'est bon, allons voir ton étranger.

En habitué des lieux, Yvon bondit dans l'escalier sans se soucier des marches branlantes. Le garçon était robuste et il avait l'esprit vif. « Il pourra m'être utile et me tenir compagnie », pensa Ancelin.

En atteignant la cour envahie d'herbes sauvages, il s'immobilisa : le visiteur n'était autre que l'homme en noir qui le suivait depuis plusieurs semaines. Ancelin porta la main à son épée.

– Que faites-vous ici ?

L'homme fit deux pas en avant et s'inclina d'un air obséquieux.

– Je suis venu vous mettre en garde.

– Vraiment ? s'exclama Ancelin. C'est moi qui vous mets en garde : vous me suivez, et cela me déplaît !

– Je suis aux ordres du cardinal, tout comme vous.

– Pour m'espionner ?

– Pour vous protéger.

– Voici qui me rassure, messire corbeau, railla Ancelin.

Le contraste était si grand entre Ancelin et le petit homme aux allures d'abbé, corseté dans sa redingote noire, qu'Yvon, amusé par la scène, éclata de rire.

L'homme lui lança un bref regard, puis s'approcha d'Ancelin et murmura :

– Je dois vous entretenir en particulier.

Ancelin fit signe à Yvon de s'éloigner.

– Eh bien, monsieur, je vous écoute.

– Je viens vous prévenir que votre père a cru bon de dévoiler votre secret.

– Mon secret ?

– Lucille de Boisrobert n'était pas votre sœur, Méricourt est un présent du cardinal, vous êtes ici sur son ordre... S'il a confié cela à ses amis, vos ennemis ne tarderont pas à le découvrir, et alors vous serez en danger.

– Maudit bavard ! enragea Ancelin.

« Angélique ! Comment réagira-t-elle en apprenant que je lui ai menti ? »

– Pourquoi m'a-t-il trahi ? gronda-t-il.

– Votre père ? Par légèreté, je suppose.

« Par légèreté, il m'envoie à la mort ! »

– Que conseille le cardinal ?

– D'être prudent.

Prudent ! Il était bien tard pour prendre des précautions : dans quelques heures, il enlèverait le bourreau. S'il y renonçait, la duchesse saurait qu'il avait menti, et s'il contrariait l'exécution, le cardinal apprendrait sa trahison. Dans les deux cas il s'exposait à une vengeance. Restait à savoir laquelle était la plus redoutable. Le corbeau le regardait en silence comme s'il lisait dans ses pensées.

– Comment vous nomme-t-on ? demanda Ancelin.

– Arkan, dit le petit homme avec un geste d'excuse.

Ce nom de prince oriental lui allait fort mal.

– Eh bien, Arkan, en me suivant, vous risquez de me compromettre.

– Personne ne me remarque.

– Voulez-vous que j'énumère les lieux où je vous ai aperçu, ces dernières semaines ?

– Désirez-vous que je disparaisse ?

– C'est ça, envolez-vous !

Le petit homme salua avec raideur et s'éloigna vers une mule attachée à un arbre en contrebas du château. Aussitôt, Yvon reparut.

– Votre panier, monsieur.

Ancelin jeta un regard distrait à la corbeille remplie de fruits. Il songeait à la nuit à venir et s'inquiétait : il ne connaissait même pas le nom de ceux qui allaient l'accompagner à Nantes.

Il désigna une pierre.

– Pose ton panier.

Yvon obéit, puis il se plaça à l'entrée de la demeure et croisa les bras.

– Que veux-tu ? soupira Ancelin.

– Je sais tirer l'épée, moi aussi.

– Tant mieux pour toi.

– C'est le baron qui m'a appris. Un fameux duelliste, un peu vieux, mais une main de fer !

Ancelin réprima un sourire.

– Eh bien, qu'attends-tu ?

– Je m'en vais ! se hâta de dire le garçon.

– Qu'attends-tu pour prendre une épée ? Je n'ai pas à t'indiquer où elles se trouvent.

Yvon se précipita dans l'escalier avec un cri de joie. « Un peu de distraction me permettra d'attendre le soir», pensa Ancelin. Quand le jeune paysan revint, Ancelin, assis sur les vestiges de la balustrade, attachait un embout de cuir à la pointe de sa lame.

– Tu en as mis, du temps !

– Elles sont si belles ! Je ne savais laquelle prendre.

– Tu as choisi la plus longue. Si tu es le meilleur, c'est un avantage. Dans le cas contraire, un désavantage.

– Comment sait-on qu'on est le meilleur ?

– En restant en vie.

Yvon crut à une plaisanterie. Ancelin n'y songeait pas. Lorsque le garçon se mit en garde, il rectifia sa position, puis il se mit face à lui, croisa le fer et commanda :

– Allez !

Yvon entrevit trois éclairs avant que son épée lui fût arrachée.

– J'aurais dû prendre une lame courte, blagua-t-il.

– Ramasse ton épée ! ordonna Ancelin avec sévérité. Dis-toi que tu tiens un oiseau. Si tu ne le serres pas assez, il s'envole. Si tu le tiens trop fort, tu l'étouffes.

Le garçon hocha la tête, puis récupéra sa lame.

– En garde !... Non, tu es trop raide. Fléchis les jambes. Tu dois masquer tes attaques.

Pendant quelques minutes, Ancelin se contenta de parer ses assauts, puis il le toucha à six reprises.

– Je devrais mettre un embout à ma lame, dit le garçon.

– Inutile !

– En cas d'accident.

– Un accident, c'est la mort, déclara Ancelin. L'escrime n'est pas un jeu, c'est un art, ou un drame si l'honneur s'en mêle. Ne regarde pas ta lame, observe les yeux de ton adversaire. Avec de l'expérience, tu sauras le moment où il va attaquer.

Yvon était attentif, et il avait des dispositions. Le baron lui avait enseigné des rudiments qui ne demandaient qu'à être cultivés.

– Quel âge as-tu ? demanda Ancelin.

– Dix-sept ans.

– Tu es un peu vieux. J'ai commencé à onze ans. Tu viendras t'entraîner chaque matin.

– C'est que j'ai mon travail.

– Ta ferme ?

– La maison, les champs, ma mère et mes trois sœurs.

– Combien gagnait ton père, le sais-tu ?

– Dix écus lorsque le baron était riche. Ensuite...

– Tu les auras.

– Vrai ? s'exclama le garçon tout joyeux.

– À condition de t'occuper de la maison. Nous allons la restaurer.

Yvon siffla entre ses dents :

– Sacré travail ! Toutes ces ruines. « La maison des Sept Vents », c'est ainsi qu'on la surnomme.

Il énuméra les vents, puis se mit à rire.

– Ils s'invitent tous. L'hiver, ils hurlent comme des loups.

– Il faudra un architecte, des maçons, et beaucoup de bras pour nettoyer tout ça.

– Les fermiers nous aideront, assura Yvon. Ce sont de braves gens, sauf Peyre. Il a son caractère, mais au fond, il suffit de savoir le prendre.

Ancelin sourit. Il commençait à apprécier le garçon, son mélange d'innocence et d'autorité. Il ferait un bon régisseur. En attendant, il l'avait diverti. Grâce à lui, la nuit approchait en douceur.

Yvon montra le ciel qui s'obscurcissait.

– Nous allons avoir de l'orage.

Un éclair sillonna le ciel et la terre trembla pour lui donner raison. Il s'étira, s'éloigna et agita la main.

– À demain !

« Si je suis toujours en vie », songea Ancelin.

24

Chevauchée fantôme

L'orage, d'une rare violence, s'éloigna, laissant un spectacle de désolation : arbres déracinés, éboulements, toitures arrachées. Ancelin trouvait ironique de faire des détours devant des rivières en crue et des champs de boue pour atteindre un endroit nommé Puits Sec.

Les autres ne songeaient pas à en plaisanter. Ils étaient nerveux, sauf les deux plus âgés. La duchesse avait exigé qu'ils fussent masqués. Était-ce nécessaire ? Ancelin en doutait : six cavaliers masqués éveillaient plus de curiosité que six voyageurs ordinaires.

Il eut le temps d'y penser durant leur longue chevauchée. Ils échangeaient peu de paroles. Pourtant Ancelin crut reconnaître à son accent le marquis de Villanova. La présence de son ennemi n'était pas de nature à le tranquilliser. En revanche, celui qui les guidait avait des manières de grand seigneur. Les autres l'appelaient « monsieur le comte ». Il les conduisit au bord de la Loire.

Il était minuit. Ils avançaient lentement sur leurs chevaux fourbus. Le comte avait précisé qu'ils changeraient de monture après avoir amené le bourreau en lieu sûr. L'orage, qui avait fui sur l'océan, semblait revenir. Le ciel était chargé, la nuit noire.

– Prenez garde ! dit le comte en éloignant les imprudents de la berge du fleuve qui s'éboulait par endroits.

Puis il indiqua une lanterne accrochée à une façade de bois.

– C'est là !

Les cavaliers mirent pied à terre et vérifièrent leurs armes. Ils s'avancèrent en silence vers la lumière. La maison, haute et étroite, faisait penser à un moulin privé de ses ailes. Il n'y avait aucune demeure alentour : Garin, le bourreau, terrifiait les hommes qui le traitaient en lépreux.

Le comte indiqua le rôle de chacun. Deux cavaliers pénétrèrent avec lui dans la maison ; les autres se postèrent devant l'entrée pour prévenir toute tentative de fuite. Le comte s'immobilisa en constatant que la porte était entrouverte ! Ils détachèrent la lanterne et entrèrent avec prudence. Sur le plancher, une table et des chaises renversées, des débris de vaisselle et des morceaux de corde révélaient une scène de violence.

– On nous a devancés, dit le comte.

– Les gens du cardinal ?

– Les parents d'Henri de Talleyrand, sans doute.

– Pourquoi agir sans nous ?

Le comte haussa les épaules.

– Ils n'avaient pas confiance !

Il se démasqua, les autres en firent autant. Villanova faisait bien partie du groupe. Il fixa Ancelin avec une intensité insultante.

– Quelqu'un nous a peut-être trahis.

– Partons ! ordonna le comte. Dispersez-vous, nous n'avons plus rien à faire à Nantes.

Les cavaliers, frustrés et inquiets, se séparèrent sans un mot. Ancelin évita le relais où les autres devaient se retrouver. Son cheval était robuste. Il chevaucha au pas le reste de la nuit et atteignit Méricourt à l'aube. Là, il s'effondra sur son lit et s'endormit. Quand il s'éveilla, le soleil d'été chassait les vestiges de la tempête nocturne. Une brume montait des champs inondés.

Yvon vint lui rendre visite comme prévu. Cependant, il le renvoya. Au cours de la journée, il se rendit au château de Chevreuse pour constater qu'Angélique était absente. La demeure était étrangement déserte comme si les exilés avaient déménagé. Les jours suivants, il revint sans plus de succès. Si les ennemis du roi avaient pris le large, il lui serait impossible de remplir sa mission. Devait-il avertir Richelieu ? Il hésita, puis décida d'attendre une semaine.

Il commençait à s'attacher à son domaine et n'avait aucune envie de retourner à Paris. Ses métayers étaient de braves gens, même Peyre qu'Yvon critiquait. C'était un homme renfrogné, travailleur acharné. Ses champs étaient les mieux tenus et les plus prospères. Quand Ancelin décida de nettoyer sa demeure, il fut le premier à répondre à son appel. Pendant trois jours, les hommes s'activèrent avec des serpes, des faux et des haches. Ils coupèrent les arbres qui crevaient les toitures, fauchèrent les mauvaises herbes, ôtèrent les racines, réparèrent les planchers et remirent en place les dalles de la cour.

Ancelin leur distribua quelques écus. Sa bourse était presque vide et les circonstances se prêtaient mal à obtenir de Richelieu le financement de ses travaux.

– Merci à tous, dit-il. Vous avez retardé vos moissons pour m'aider, je ne l'oublierai pas.

Le soir, leurs filles vinrent lui apporter des fruits, du pain, un poulet et une bouteille de vin.

– Tout ça pour moi ? s'exclama-t-il en riant. Vous me prenez pour Gargantua !

Comme elles ignoraient qui était ce Gargantua, il expliqua en roulant des yeux terribles :

– Un ogre !

Il fit semblant de les saisir, et elles s'enfuirent en riant. Peu après, Yvon revint. Ils mangèrent le poulet et burent le vin devant un feu, sur la terrasse envahie par la fraîcheur du soir. Des chauves-souris volaient au sommet de la tour.

– Demain, je viendrai couper le lierre, décida le jeune régisseur.

Ancelin secoua la tête.

– Demain nous reprendrons nos leçons.

Il avait envie de faire du jeune homme une sorte d'écuyer.

Le lendemain matin, ils ferraillèrent une heure entière à l'ombre des vieux murs. La chaleur était suffocante. Ils transpiraient, torse nu, quand ils entendirent un cavalier. C'était une femme. Ancelin reconnut Angélique vêtue d'un costume d'amazone, les cheveux au vent.

Il congédia Yvon, remit sa chemise et aida la jeune fille à descendre de sa selle. En la voyant en pleurs, il pressentit un drame. Avec douceur, il la conduisit vers un banc et demanda :

– Que se passe-t-il ?

Un long moment, elle fut incapable de parler, puis elle murmura d'une voix altérée :

– Henri.

– Talleyrand ? On l'a exécuté ?

Elle cacha son visage dans ses mains, le corps secoué de sanglots. Il se retint de la serrer dans ses bras : il aurait eu l'air de profiter de son désarroi ! Il attendit qu'elle fût plus calme avant de la questionner :

– Ils ont délivré le bourreau ?

– Hélas, non ! s'écria-t-elle. Je pressentais un malheur...

– Je ne comprends pas !

Elle se mit à parler avec précipitation :

– Ils ont choisi un condamné à mort auquel ils ont promis la vie sauve s'il prenait la place du bourreau, un cordonnier, il n'avait jamais tenu une arme de sa vie. Son épée n'a fait qu'entailler le cou d'Henri, alors ils lui ont donné une hache avec laquelle il s'est montré aussi maladroit. Je me suis enfuie, horrifiée. On m'a raconté qu'il a fallu plus de trente coups à ce boucher pour décapiter notre ami. Lui, si courageux, suppliait qu'on l'achève. Mon Dieu, pardonnez-moi !

Elle se laissa aller dans ses bras. Elle pleurait en silence, à présent. Ancelin ne bougeait pas, de peur de déranger cette merveilleuse étreinte, ne croyant pas à son bonheur. C'est vers lui qu'elle s'était précipitée pour confier son désespoir. Elle leva la tête avec une douceur infinie, posa ses lèvres sur les siennes et murmura :

– Ancelin, emmenez-moi.

– Où cela ?

– Je ne sais pas, loin d'ici, n'importe où.

Il sentait sur sa joue ses boucles, leur douceur, leur parfum. Il la préférait ainsi, sans ces perruques qui faisaient d'elle un personnage artificiel. Il allait murmurer : « Je vous aime », quand elle se détacha de lui et se leva avec un rire forcé.

– Je suis folle ! Je ne peux pas m'en aller !

– N'êtes-vous pas libre ?

– Libre ? Comment abandonner mes amis dans la peine ? Je l'ai fait une fois...

C'était une allusion à son évasion.

– C'est donc ici que vous vivez ? dit-elle d'un ton léger en jetant un coup d'œil curieux à la tour drapée de lierre.

– C'est ici.

– Charmant !

Le ton moqueur le refroidit. Elle était soudain distante comme si elle regrettait sa faiblesse et le baiser qu'elle venait de lui accorder.

Elle secoua ses boucles.

– Marie doit se demander ce que je suis devenue. J'ai galopé au hasard, et cette errance m'a conduite chez vous.

– Je bénis ce hasard, murmura-t-il.

– Merci de m'avoir consolée.

– C'était peu de chose.

Il la reconnaissait à peine, froide, fière. Pourtant ses joues étaient encore humides. Comme elle se dirigeait vers sa monture, il décida :

– Je vais vous escorter chez la duchesse de Chevreuse. Le temps de seller mon cheval.

Quelques minutes plus tard, ils chevauchaient côte à côte sur la route de Poitiers.

– N'oubliez pas, dit Ancelin. Je serai toujours là pour vous.

Elle lui sourit.

– Je sais, vous avez de merveilleux remèdes.

Cette évocation de leur baiser était blessante. Elle se reprit aussitôt :

– Venez me rendre visite demain, voulez-vous ?

– Je vous le promets.

Ils étaient arrivés. Elle lui tendit la main en répétant :

– Demain.

Le mot résonnait comme une promesse.

25

Les flammes

Il galopa pendant trois lieues jusqu'à Rohan dans sa hâte de revoir Angélique, de prononcer enfin les mots qu'il n'avait pas su trouver la veille. Il s'était montré maladroit, intimidé, c'est pourquoi elle s'était détachée de lui. Maintenant, il oserait ! Elle l'aimait, c'était certain, sans cela jamais elle ne se serait jetée dans ses bras, elle, si orgueilleuse.

Il était si impatient de se racheter qu'il bouscula un homme qui sortait du château tandis qu'il y entrait.

– Eh bien, monsieur, on dirait qu'il y a le feu ! lança cet homme avec un rire déplaisant.

Ancelin salua.

– Pardonnez-moi, monsieur.

– Vous semblez dépaysé, l'ami. Vous seriez mieux ailleurs.

– Et où cela, s'il vous plaît ?

– Dans votre ferme, par exemple.

Il était évident que le gentilhomme lui cherchait querelle. Pourtant Ancelin n'avait jamais vu ces cheveux roux, ni la balafre qui lui entaillait la joue droite. Résistant à l'envie de punir son impertinence, il entra dans la demeure.

– Mlle de Beaulieu n'est pas ici, lui dit un valet.

– Elle m'a invité.

– Dans ce cas, vous pouvez l'attendre.

– Ou la rejoindre, ajouta le rouquin qui l'avait suivi. Angélique est chez la marquise d'Aubier, je crains qu'elle y passe la nuit. Revenez demain, ou bien...

– Ou bien ?

Le balafré désigna le valet d'un geste désinvolte.

– Armand vous indiquera le chemin.

Le serviteur expliqua aussitôt à Ancelin comment se rendre à Aubier, qui se trouvait à dix lieues au sud de Chevreuse. Le jeune chevalier se remit aussitôt en selle. Soit que le parcours fût compliqué, soit que les explications du valet fussent trop vagues, Ancelin s'égara. Il dut demander son chemin à plusieurs reprises avant d'arriver à destination.

La marquise habitait une gentilhommière perdue dans la campagne. C'était une vieille dame charmante qui perdait la vue. Une jeune fille, sa lectrice, introduisit le visiteur dans un salon encombré de souvenirs d'un autre temps.

– Monsieur de Méricourt ? Nous nous connaissons, il me semble !

– Je ne crois pas, madame, sinon je me souviendrais de vous. Je suis venu rencontrer Mlle de Beaulieu.

La vieille dame sourit.

– Angélique, une jeune fille fort belle.

– On m'a dit que je la trouverais chez vous.

– Hélas non, je ne reçois plus guère de visites. La vôtre me réjouit.

Ancelin comprit qu'il avait été joué. Non content de le provoquer, le balafré l'avait expédié à l'autre bout du comté pour se moquer de lui. « Si c'est un duel que tu veux, tu seras servi ! » fulmina-t-il.

Après avoir pris congé de la marquise, il revint sur ses pas au galop. La route était longue ; il dut s'arrêter pour faire reposer son cheval et l'abreuver. Il s'inquiétait pour Angélique : la veille, elle était si désemparée, et cette absence inexplicable après lui avoir donné rendez-vous...

À Rohan, il trouva les grilles fermées. À sa demande, le portier répondit que la jeune fille n'était pas là et que la duchesse avait donné des ordres : personne ne devait entrer, elle était en deuil et voulait rester seule.

La courtoisie lui interdisait d'insister. Il reprit la route de Méricourt en se promettant de revenir le lendemain.

À une demi-lieue de sa demeure, il aperçut une fumée, puis les flammes d'un incendie : c'était son château qui brûlait. Il talonna sa monture et la poussa jusqu'au brasier. Tous les fermiers étaient là ; ils remplissaient des seaux au puits et jetaient l'eau sur les flammes. Effort dérisoire : le feu dévorait déjà l'ensemble des bâtiments dont les murs menaçaient de s'écrouler.

Yvon, visage noir et cheveux roussis, se battait avec acharnement. Les autres, épuisés, renonçaient.

– Ah, monsieur, vous êtes là ! se lamenta le régisseur. C'est un terrible malheur !

– Que s'est-il passé ? demanda Ancelin.

– J'étais absent. Quand on m'a prévenu, je me suis précipité, mais il était trop tard. J'ai sauvé ce que j'ai pu.

Il désigna les armes et les bagages d'Ancelin, déposés à l'écart.

– Tout est perdu !

– Que s'est-il passé ? répéta Ancelin.

– On a vu s'enfuir des cavaliers, cinq, d'après Peyre. Ce sont eux, les coupables : on a entassé du bois mort à l'intérieur. Les brigands ont mis le feu.

Ancelin secoua la tête, incrédule.

– Des brigands...

Il songeait à ses ennemis : Villanova, et ce rouquin dont les paroles lui revenaient en mémoire : « On dirait qu'il y a le feu ! » Les mots n'avaient pas été prononcés par hasard. L'homme savait ce qui se tramait. Il l'avait envoyé à Aubier pour l'éloigner tandis que ses complices accomplissaient leur forfait.

Comme Yvon se précipitait vers le puits, il l'arrêta.

– Reste là, il est trop tard ! ordonna-t-il.

L'intérieur du château s'effondra dans un souffle brûlant accompagné d'une épaisse fumée qui obligea les fermiers à reculer. Des larmes traçaient des sillons sur le visage couvert de cendre du régisseur. Ancelin s'était attaché à cette vieille demeure, mais chez lui, la colère l'emportait sur la tristesse.

Par haine ou par calcul, les incendiaires avaient voulu le chasser du pays en détruisant son repaire. Ils croyaient lui faire peur : c'était mal le connaître. Ils paieraient cher leur forfait.

Il ordonna aux fermiers de rentrer chez eux et retint Yvon.

– Il y a une auberge dans le pays ?

Le jeune homme montra l'ouest.

– *L'Écu d'Argent*, à Monteray.

– Tu vas m'aider.

Ils gagnèrent l'auberge à cheval. Ancelin y loua une chambre, puis donna rendez-vous au régisseur le lendemain matin. Sa résolution était prise : il allait défier ses ennemis sur leur propre terrain.

Il dîna de bon appétit, déterminé, presque joyeux, comme naguère, la veille d'une bataille.

26

L'amitié et la haine

Cette fois, les grilles étaient ouvertes et il régnait une activité inhabituelle devant la demeure imposante.

Ancelin sauta à terre et lança les rênes à Yvon.

– Garde les chevaux.

– Ne puis-je vous accompagner? supplia le jeune homme.

– Fais ce que je t'ordonne!

Le garçon était fort, courageux et fidèle; il ferait un bon écuyer. Ancelin lui avait procuré un cheval, mais il regrettait de lui avoir donné une épée: Yvon n'avait pas assez d'expérience pour se mesurer à des adversaires comme Villanova.

– Ne t'inquiète pas.

Il marcha hardiment vers le château parmi les serviteurs qui s'activaient autour de deux carrosses aux armes de la duchesse. Ces hommes chargeaient des malles et des paniers en prévision d'une longue route.

Ancelin allait atteindre le perron lorsqu'un homme se dressa devant lui, l'épée à la main.

– Soubise ?

– Tu te souviens de moi ? ironisa le gentilhomme.

– Je n'oublie jamais mes amis.

– Voilà un sentiment bien nouveau !

– Nous bavarderons tout à l'heure, si tu veux bien, dit Ancelin. Je veux voir la duchesse.

– Sans doute, mais la duchesse ne veut pas te voir. Elle m'a chargé de te prier de partir.

– Préviens Mlle de Beaulieu.

– Angélique refuse, elle aussi, de te revoir.

– Qu'elle vienne me le dire elle-même, répliqua vivement Ancelin qui commençait à s'impatienter.

En disant cela, il manœuvra pour contourner son ami quand la lame de Soubise s'appuya sur sa poitrine.

– Ne m'oblige pas à employer la force.

– Je ne veux pas me battre contre toi, soupira Ancelin.

– C'est pourtant ce que tu fais depuis des mois, riposta Soubise. Tu t'es vendu au cardinal. Tu espionnes, tu mens, tu trahis. Par ta faute, nos meilleurs amis sont morts. J'aurais dû te laisser enchaîné à Saint-Gratien.

– Ce sont des accusations bien graves.

Le visage de Soubise se déforma sous l'effet de la colère.

– Tu as une sœur tombée du ciel, paraît-il, Lucille de Boisrobert, et ce domaine de Méricourt, un héritage de ton père, et cette amitié soudaine pour la duchesse. Mensonges ! Tu as trompé tout le monde, mais pas moi, je commence à te connaître !

Ancelin se redressa avec fierté.

– Je sers loyalement le roi. De nous deux, qui est le traître, dis-moi ?

– Toi ! Non seulement tu trahis tes amis, mais tu entraînes des innocents dans tes complots. Angélique de Beaulieu !

– Angélique n'a rien à voir dans cette affaire.

– Ne t'a-t-elle pas délivré au risque de nous perdre tous ?

Compromise par sa faute, Angélique était en danger ! Cette pensée inquiéta Ancelin. Il écarta l'arme pointée sur son cœur. D'un geste vif, Soubise déchira son pourpoint et lui érafla l'épaule.

– Soit, puisque tu m'y obliges ! gronda Ancelin.

Il recula de trois pas et tira son épée. Soubise s'élança aussitôt, multipliant les assauts. Ancelin se contenta de parer. Il connaissait bien la technique de son ami avec lequel il s'entraînait depuis des années. Soubise n'était pas de taille à rivaliser avec lui, il le savait. Qu'espérait-il en se jetant sur lui ?

Les valets avaient interrompu leur tâche pour observer le duel. Ils admiraient la fougue de Soubise sans comprendre qu'Ancelin le ménageait. Soubise, lui, en était conscient, et l'assurance de son ami l'enrageait. Plus grand et plus lourd qu'Ancelin, il était capable d'abattre un bœuf d'un seul coup de poing. Une épée à la main, cette puissance était une faiblesse. Sa lenteur le mettait à la merci de son adversaire.

Ancelin connaissait le courage et l'entêtement de son compagnon. Il savait que Soubise ne renoncerait pas et il maudissait la duchesse qui l'avait endoctriné. À deux reprises, il avait tenté de le désarmer sans y parvenir ; il ne lui restait plus qu'à le blesser. Il para une nouvelle attaque, se dégagea et se fendit. Sa lame traversa le bras de son ami qui laissa tomber son arme.

– Un chirurgien, vite ! cria Ancelin.

Soubise le repoussa quand il voulut le soutenir :

– Ne me touche pas ! Le fer est plus noble que ta main !

– Pardonne-moi, murmura Ancelin.

En pénétrant au château, il tremblait de colère. Maudite duchesse qui l'avait forcé à blesser son ami ! Les valets s'écartèrent. Puis un vieux gentilhomme vint le prier d'attendre : il allait prévenir sa seigneurie. Ancelin reconnut le comte qui avait commandé l'expédition de Nantes.

Tandis qu'il patientait dans un salon, une soubrette s'approcha de lui toute tremblante. Ancelin se dit que le duel l'avait terrorisée, mais la cause de son affolement était plus dramatique.

– Messire, écoutez-moi, chuchota-t-elle en regardant autour d'elle avec un air d'épouvante. Je suis au service de Mlle de Beaulieu. Pour une raison que j'ignore, la duchesse a décidé la mort de ma maîtresse. Le lait est empoisonné. Le lait, souvenez-vous !

Elle s'enfuit, enlevant au passage un bouquet de fleurs pour justifier sa présence. Le vieux gentilhomme revenait.

– Mme la duchesse va vous recevoir, annonça-t-il. Cependant elle me prie de vous dire qu'elle ne pourra vous consacrer que quelques instants car elle est sur le départ.

– En réalité, c'est Mlle de Beaulieu qui m'a demandé de venir.

– Vous les verrez l'une et l'autre.

Ancelin retrouva la pièce qu'il avait admirée lors de sa première visite. La duchesse était seule en compagnie d'Angélique. La jeune fille, très pâle, répondit à peine à son salut. La duchesse, souriante à son habitude, jouait avec son chien.

– Eh bien, monsieur, comment vous portez-vous ? demanda-t-elle.

– Aussi bien que possible, grâce à Dieu, si l'on pense qu'on a incendié ma demeure et que l'un de mes amis vient d'essayer de me couper la gorge.

La duchesse se contenta d'observer :

– Vous vivez dangereusement, semble-t-il.

– C'est le cas de tous ceux qui vous entourent, madame.

La duchesse continua à sourire. Angélique, elle, consentit à lever les yeux sur le visiteur. Ancelin s'assit sans y être invité et demanda :

– Vous partez, madame ?

La duchesse leva son chien à bout de bras, puis lui embrassa le museau pour provoquer un jappement.

– Nous aimons voyager, n'est-ce pas ?

Elle s'adressait au chien. Ancelin hocha la tête.

– Je n'aurai pas le mauvais goût de vous retarder. Je veux seulement dire quelques mots à Mlle de Beaulieu.

– Moi, je n'ai rien à vous dire, monsieur, répliqua Angélique d'un ton glacial.

– Je pensais que notre conversation d'avant-hier n'était pas terminée.

– Elle l'est, et à tout jamais ! Vous m'avez menti odieusement et compromise auprès de mes amis. Ce n'est pas digne d'un gentilhomme.

– Quelques mots suffiront à me justifier.

Angélique partit d'un rire amer.

– Je n'en doute pas. Vous mettez aussi peu de temps à vaincre les autres avec des mots qu'avec cette lame encore tachée du sang de votre ami !

Ancelin pâlit à son tour.

– Dieu m'est témoin que je ne voulais pas de ce combat !

– De quel combat parlez-vous ? railla Angélique.

– Allons, allons, gronda la duchesse. Ne vous querellez pas. Il est important de nous quitter sans rancune en dépit de ce qui nous oppose. Tenez, buvons à notre réconciliation.

Un valet venait d'entrer. Il portait un plateau sur lequel Ancelin vit plusieurs pots d'argent et trois tasses de porcelaine blanche.

– Vous allez goûter mon infusion, dit la duchesse à Ancelin. C'est un savant mélange dont je vous mets au défi de découvrir les secrets. Pour vous, du lait, n'est-ce pas ? ajouta-t-elle à l'intention d'Angélique.

Le lait dont avait parlé la soubrette ! Angélique acquiesça machinalement ; son esprit était ailleurs et la tristesse voilait son regard.

Le serviteur versa deux tasses d'une infusion de couleur brune et une tasse de lait, puis les déposa devant chacun avant de se retirer.

– Il me semble qu'on oublie un invité, fit remarquer Ancelin.

La duchesse haussa les sourcils.

– Un invité ?

Le jeune chevalier se leva, vida une coupe garnie de gâteaux de miel, la remplit de lait et l'offrit au petit chien qui frétillait. La duchesse écarta vivement l'animal.

– Arthur déteste le lait !

Elle avait cessé de sourire et fixait Ancelin d'un air soupçonneux.

– Je croyais qu'il en raffolait, s'étonna Angélique d'un air candide.

– Il le digère mal.

– Surtout celui-là, je présume, ironisa Ancelin.

Comme Angélique portait le lait à la bouche, il retint son geste et lui enleva sa tasse.

– Vos manières me déplaisent, monsieur, dit la duchesse, menaçante.

Ancelin soutint son regard.

– J'en suis désolé, duchesse, mais il y a des moments, dans la vie, où la politesse doit céder le pas à la prudence. Je doute que Mlle de Beaulieu apprécie ce breuvage et la main qui l'a servi.

Angélique, qui commençait à comprendre la raison de cet échange, regardait tour à tour la duchesse et Ancelin. Puis elle se leva avec dignité.

– Ma voiture m'attend. Je n'ai que trop tardé. Il me reste à vous remercier pour toutes vos bontés, madame.

– Prenez soin de vous, ma chère, et embrassez la reine de ma part, recommanda la duchesse de Chevreuse qui avait retrouvé son aplomb.

Les deux femmes s'embrassèrent du bout des lèvres.

– Je vous accompagne, dit Ancelin.

La jeune fille traversa le salon et l'antichambre comme s'il ne s'était rien passé. Ancelin constata que son visage avait repris des couleurs, et il admira son sang-froid.

La jeune fille qui l'avait prévenu du danger attendait près de la porte d'entrée.

– Eh bien, Mélanie, tout est-il prêt ? lui demanda Angélique.

– Tout, mademoiselle, répondit la soubrette, radieuse. Vos bagages, vos livres, votre nécessaire... Votre cocher est là.

Ancelin aida Angélique à monter dans sa voiture, puis il se pencha à l'intérieur et demanda :

– Me pardonnerez-vous ?

Elle le dévisagea d'un air méprisant.

– Jamais !

27

La malle bleue

Yvon l'attendait avec impatience, et sa voix trahissait l'inquiétude.

– Je suis heureux de vous revoir !

– Après vingt minutes d'absence ?

– Vingt minutes bien dangereuses, monsieur. Êtes-vous satisfait ?

– À moitié, Yvon. J'ai sauvé deux vies et essuyé deux défaites.

– Vraiment ?

La mine du garçon reflétait la perplexité. Ancelin suivait des yeux la voiture qui emportait Angélique avec l'espoir de voir une main s'agiter, mais les portières restèrent muettes.

Yvon pointa le doigt sur les lourdes voitures arrêtées devant le perron du château.

– Je sais où vont ces carrosses, j'ai questionné les cochers.

– Et ils t'ont renseigné ?

– Pardi ! Ils vont en Lorraine, chez le duc Claude, l'époux de la duchesse.

« Elle s'enfuit ! » songea Ancelin. Impossible de prévenir Richelieu. La duchesse serait hors de France avant que son message parvienne au cardinal.

Tout en parlant, ils étaient sortis de la propriété en menant leurs chevaux par la bride et montaient en selle quand un groupe de cavaliers survint.

– C'est l'escorte, commenta Yvon. La duchesse va voyager dans le premier carrosse avec sa fortune : l'or, les bijoux, les robes. La deuxième voiture est moins importante : elle transporte son secrétaire, son chancelier, ses papiers...

– Moins importante ! s'exclama Ancelin. Yvon, tu es un génie !

Le jeune écuyer s'épanouit.

– C'est ce que prétend ma sœur Mathilde.

Ancelin attira son compagnon derrière une haie pour surveiller l'entrée du domaine, puis murmura :

– Te sens-tu capable de m'aider à prendre d'assaut le convoi ?

– Vous voulez attaquer la duchesse ?

– Pas elle, non. Nous ne sommes pas des brigands ! Son trésor ne m'intéresse pas. C'est le deuxième carrosse qu'il me faut.

– Les papiers ?

– Les papiers, oui. Nous les saisirons au nom du roi.

Yvon fit la grimace.

– Vous croyez qu'ils vont vous les remettre ? Vous allez dire : « Au nom de Sa Majesté », et ils obéiront ?

– Non, bien sûr. Il faudra que tu assommes le cocher, peut-être le secrétaire. Moi, je combattrai les hommes de l'escorte.

– Seul contre six ?

– S'il le faut.

Il lui fit signe de calmer leurs chevaux. Les carrosses et leur escorte sortaient du domaine. Le convoi prit aussitôt la route de l'est en direction de Lussac.

– Suivons-les à distance, recommanda Ancelin. Inutile d'attirer l'attention.

Au bout d'une heure, la pluie se mit à tomber. Les voitures, qui allaient grand train, ralentirent. Elles étaient trop proches l'une de l'autre pour risquer une attaque. Ancelin voulait éviter d'affronter six cavaliers à la fois. Il se disait que les carrosses finiraient par se séparer, et l'escorte en ferait autant. Le moment serait alors venu de passer à l'action.

Vers Bellefonds, la pluie cessa. Ils avaient parcouru environ vingt lieues lorsque le convoi ralentit et s'arrêta au bord de la route. D'autres cavaliers étaient là. Les hommes fraternisèrent. Yvon les compta.

– Neuf épées, sans compter les pistolets, c'est beaucoup, même pour vous, monsieur.

Ancelin ne dit rien, mais il était d'accord avec son compagnon. L'entreprise se compliquait d'autant plus qu'un troisième carrosse était là. Deux hommes en descendirent et allèrent rejoindre la duchesse. Dix minutes plus tard, voitures et cavaliers reprirent la route.

– Que faisons-nous ? demanda Yvon.

– Nous les suivons, comme prévu.

– Jusqu'en Lorraine ? plaisanta l'écuyer.

– Pourquoi pas ?

Il prenait un air tranquille, mais il n'était sûr de rien. Le carrosse qui l'intéressait roulait maintenant entre les deux autres. Un véritable escadron l'escortait comme si la duchesse pressentait une embuscade.

Ils chevauchèrent trois heures encore, puis le convoi s'immobilisa une fois de plus.

– De nouveaux renforts ? grommela Yvon.

Le manège se répéta : les occupants du dernier véhicule allèrent converser avec la duchesse. Au bout de quelques minutes, ils revinrent et le convoi repartit. Puis, à une croisée de routes, le dernier carrosse se détacha de la caravane et tourna à droite vers La Meilleraie, emmenant avec lui quatre cavaliers.

– Neuf moins quatre : cinq ! triompha Yvon. Encore un carrefour, et ils sont à nous !

Le reste de l'escorte resta groupé jusqu'à cinq heures du soir. Les attelages se suivaient à quelques centaines de mètres l'un de l'autre quand le carrosse du chancelier ralentit. Ancelin retint son cheval pour guetter sa proie. Le cocher, descendu de son siège, inspectait les courroies du harnais. Deux cavaliers étaient restés en arrière. Les autres s'éloignaient avec la voiture de la duchesse, bientôt ils disparurent.

– Allons-y ! décida Ancelin. À toi, le cocher ! À moi, les soldats !

En voyant fondre sur eux les deux cavaliers, les hommes de la duchesse de Chevreuse, d'abord surpris, saisirent leurs armes. Mais la tempête qui s'abattit sur eux ne leur laissa pas le temps de les utiliser. Ancelin sabra le premier et désarçonna le deuxième. Ce dernier se relevait comme il faisait volte-face. Ancelin reconnut le balafré et sauta à terre. Esquivant l'attaque de son adversaire, il lui porta une botte qui lui traversa la gorge. Le combat n'avait pas duré deux minutes.

Yvon était aux prises avec le cocher, un gaillard insensible aux coups de l'écuyer. La brute tenait son adversaire à la gorge d'une main de fer et il l'aurait étranglé si Ancelin ne l'avait pas assommé d'un coup de pommeau en plein front.

Yvon était tombé à genoux. Ancelin le releva et ordonna :

– Retiens les chevaux !

L'écuyer, suffoquant, réussit tant bien que mal à saisir les rênes. Les chevaux, affolés par le bruit du combat, s'apaisèrent et Ancelin put ouvrir la porte du carrosse. À l'intérieur, un homme tenait une épée, un autre brandissait une torche. Le premier n'avait rien d'un guerrier : sa main tremblait. Ancelin lui arracha son arme. L'homme à la torche, penché sur une malle de cuir bleu, tentait de brûler des papiers. D'un coup de botte, Ancelin éteignit la torche, puis il saisit les deux hommes par le col et les jeta hors de la voiture.

Il désigna les corps des cavaliers.

– Disparaissez ou vous subirez leur sort.

Le secrétaire et le chancelier de la duchesse s'enfuirent aussitôt.

– Demi-tour ! commanda Ancelin.

Il bondit en selle tandis qu'Yvon se hissait à la place du cocher. Après avoir manœuvré, le carrosse fonça vers l'ouest. Ancelin fermait la marche. Il regardait sans cesse derrière lui pour voir si les hommes de Chevreuse n'étaient pas à leur poursuite, mais la route resta déserte jusqu'à Levroux.

Là, Ancelin se dirigea vers le nord et, peu après, vers l'est. Les chevaux, éprouvés par leur longue chevauchée, commençaient à faiblir : il fallait trouver un relais. À la tombée de la nuit, ils firent halte à Montval et changèrent d'attelage. Ancelin aurait voulu prendre quelques heures de repos. Cependant, il s'estima trop près de ses ennemis pour prendre le risque d'être rattrapé. D'autre part, Charcol, le maître du relais, avait remarqué les armes de Chevreuse et posait des questions indiscrètes.

Profitant de l'arrêt, Ancelin examina les papiers que le secrétaire avait voulu détruire. C'étaient des centaines de lettres, certaines en anglais, d'autres en espagnol. Pas étonnant que la duchesse ait donné l'ordre de les détruire.

– Son Éminence sera contente, jubila-t-il en refermant la malle de cuir bleu renforcée par des cercles d'acier munis de trois serrures.

Ils reprirent la route sans tarder. L'obscurité les forçait à ralentir l'allure, d'autant que les chevaux du relais étaient loin de valoir ceux de la duchesse.

Ancelin riait en entendant les imprécations d'Yvon :

– Maudites rosses !

– Charcol, vieux brigand !

– Gare au fossé !

L'aube les trouva épuisés. Ils pensaient se reposer aux abords de Vierzon lorsqu'ils aperçurent, au loin, un nuage de poussière soulevé par un groupe de cavaliers.

– Va ! cria Ancelin.

Yvon fit claquer son fouet. Les chevaux prirent de la vitesse. Cependant, les cavaliers gagnaient sur le carrosse. Une lieue avant la ville, ils arrivèrent à un carrefour.

– À gauche ! ordonna Ancelin.

Yvon effectua la manœuvre sans ralentir au risque de se renverser. L'attelage se rétablit, cependant. Le carrosse bondissait sur la route défoncée. Ancelin croyait avoir trompé ses poursuivants, mais l'escadron s'engagea à son tour sur le chemin. Il compta douze hommes solidement armés et couverts de poussière, témoin d'une longue chevauchée.

Il remonta à la hauteur d'Yvon et cria :

– Ils ne nous lâcheront pas ! Galope, je les retiendrai. Sauve la malle bleue, tu la remettras au cardinal, rue de Tournon. Tu te souviendras ?

– Paris, rue de Tournon ! répéta l'écuyer.

Dressé sur son siège à la manière d'un aurige, conducteur de char romain, il fit claquer son fouet. Ancelin, prêt à mourir, s'il le fallait, fit demi-tour et tira son épée.

Les membres de l'escadron virent avec stupeur le jeune homme se dresser devant eux. Celui qui galopait en tête retint sa monture et leva le bras pour retenir ses hommes, puis il épousseta sa casaque recouverte de poudre grise. Ancelin vit apparaître l'uniforme bleu des soldats du roi.

– Que veux-tu ? lui demanda le chef de la troupe.

Réalisant sa méprise, Ancelin se découvrit.

– Je voulais saluer les soldats de Sa Majesté.

À ces mots, le cavalier éclata de rire. Il ôta son feutre et abaissa le masque de toile qui protégeait le bas de son visage de la poussière du chemin.

– Tu es bien respectueux, Amboise !

– Raymond ! s'exclama Ancelin. Raymond l'Albigeois !

Il venait de reconnaître l'un des capitaines du maréchal de Schomberg qui avait combattu avec lui en Savoie. Les deux compagnons d'armes tombèrent dans les bras l'un de l'autre. Puis l'Albigeois demanda avec curiosité :

– Que fais-tu sur ces grands chemins ?

– Service du roi ! répondit Ancelin. J'escorte un carrosse.

Il tourna la tête : la voiture avait disparu. Yvon fuyait au risque de casser un essieu ou de crever ses chevaux. Ancelin s'élança, suivi des douze dragons de l'armée royale. Il fallut dix minutes de galop pour rattraper l'équipage lancé à un train d'enfer. Ancelin saisit la sangle des chevaux. Renseigné par cette manœuvre acrobatique, Yvon freina son attelage.

– Pardon, monsieur, mais au milieu de cette compagnie, je vous croyais prisonnier !

L'Albigeois examina la voiture avec curiosité et siffla entre ses dents :

– C'est la duchesse de Chevreuse ?

– Mieux : ses secrets, répliqua Ancelin.

– On prétend qu'elle complote contre Sa Majesté.

– Elle est en fuite.

– Bon vent ! grommela le capitaine.

Ils se remirent en marche plus lentement sous la protection des gens du roi. À Meung, l'Albigeois et sa compagnie s'arrêtèrent. Ancelin poursuivit son voyage et rencontra bientôt les embarras de la route de Paris : carrosses, chariots, cavaliers, processions multiples les obligèrent à avancer au pas. Le lendemain seulement, il s'arrêta devant l'hôtel de Tournon et demanda Aubertin. Quand le secrétaire parut, il lui remit la malle bleue en disant :

– Vous vouliez la duchesse ? Je vous la livre !

Aubertin regarda le carrosse crotté, les chevaux fourbus, les cavaliers chancelants. Il comprit et sourit :

– Vous êtes un homme précieux, monsieur de Méricourt.

28

Anne

Épuisés, après avoir parcouru cent cinquante lieues en trois jours sans un instant de repos, Ancelin et Yvon dormirent vingt-quatre heures comme des souches. Ancelin se réveillait tout juste lorsqu'il entendit frapper à la porte de son logis, des coups timides et insistants. Il s'habilla à la hâte, traversa la petite pièce où Yvon était encore endormi, et ouvrit pour se trouver devant une jeune fille dont le visage lui était vaguement familier. Où avait-il vu ces tresses blondes, ce nez retroussé, cette bouche enfantine ?

– Ma maîtresse vous prie de venir sans délai, monsieur.

– Ta maîtresse ?

– Mlle de Beaulieu.

Ancelin sourit.

– Bien sûr, tu es Émilie !

– Mélanie, rectifia la soubrette.

– Eh bien, que se passe-t-il ? Ta maîtresse est en danger ?

– Non, je ne crois pas, elle désire vivement vous parler.

Le sourire d'Ancelin se fit ironique.

– Elle désire ! Tiens donc ! Tu étais là, tu l'as entendue dire : « Jamais ! » Et maintenant, elle *désire* !

La fille se mordait les lèvres. Soudain, elle fit remarquer :

– Mais vous l'avez sauvée de la duchesse !

– Non, c'est toi, Mélanie, qui l'as sauvée.

– Elle ne vous a pas oublié.

Tout en parlant, la soubrette regardait, derrière Ancelin, le garçon mal réveillé qui dressait une tête ébouriffée et écarquillait les yeux comme s'il n'avait jamais contemplé de minois aussi ravissant.

– Où dois-je me rendre ? grommela Ancelin.

– Chez nous, je veux dire chez mademoiselle, à l'hôtel de Beaulieu. Je vais vous conduire.

– Attends-moi !

Il fit sa toilette, nettoya ses bottes, mit son plus beau pourpoint et prit son épée : l'invitation cachait peut-être un piège. Pendant qu'il se préparait, il perçut des fous rires venus de la chambre voisine : Yvon et Mélanie faisaient connaissance. Quand il revint, la soubrette rougit, prise en faute.

– Rendors-toi ! exigea Ancelin avec sévérité.

L'écuyer n'osa pas protester. Pourtant il était évident qu'il aurait aimé se promener, lui aussi, en compagnie de la jolie servante.

Ancelin resta silencieux tout le long du parcours de la rue des Prouvaires à la rue Saint-Merri. Mélanie, elle, marchait fièrement à côté du chevalier qui lui offrait le bras. Il se demandait ce que lui réservait Angélique avec sa façon de l'attirer et de le repousser sans égard pour sa fierté.

Arrivé devant l'hôtel de Beaulieu, il n'eut pas à s'interroger davantage car la jeune fille parut aussitôt.

– Vous êtes venu, monsieur, Dieu merci ! Sa Majesté la reine nous attend !

Un carrosse était là. Angélique prit la main d'Ancelin et monta avec lui. Lorsqu'ils furent installés face à face, elle ordonna au cocher :

– Au Louvre, vite !

Un fouet claqua. La voiture se mit en route vers la résidence royale.

– Quelle est cette nouvelle fantaisie, mademoiselle ? demanda Ancelin avec mauvaise humeur. Voulez-vous m'exposer à la vengeance de la reine qui a tout lieu de m'en vouloir ?

Angélique émit un petit rire moqueur.

– Vengeance ? Quel nom affreux ! On voit que vous ne connaissez pas la reine de France, cet ange de douceur.

Ancelin évita les beaux yeux qui tentaient de le désarmer. Il y avait en elle une fraîcheur et une gaieté fascinantes. En quatre jours à peine, elle semblait avoir oublié toutes ses épreuves : le complot, l'exil, la mort de ses amis, la haine de la duchesse, sa tentative d'empoisonnement.

– Vous ne risquez rien, monsieur.

Elle le rassurait, c'était un comble !

– M'avez-vous vu reculer ?

– Jamais !

Le mot lui rappela celui qu'elle avait lancé à Saint-Gratien, mais elle le prononça avec tant de douceur qu'il se sentit faiblir.

– Laissez-moi vous expliquer la raison de cette entrevue, dit-elle à voix basse, comme si elle lui confiait un secret d'État. Il existe un personnage qui se prétend gentilhomme et répand sur la reine des propos injurieux : Sa Majesté envisagerait la mort de son époux afin d'épouser son beau-frère, Gaston d'Orléans. Cette accusation est risible : Monsieur est un jeune homme charmant, mais d'une légèreté coupable. La reine l'aime comme un jeune frère dissipé. Il l'amuse, elle lui passe ses caprices... Cependant, le roi est jaloux. Il est prêt à croire ces calomnies pour justifier son ressentiment à l'égard de son épouse.

Ancelin porta la main à ses yeux et l'interrompit.

– Pourquoi me racontez-vous cela, mademoiselle ? Ces accusations ne me concernent pas !

– L'honneur de votre reine vous laisserait indifférent ? Je vous connais trop pour le croire !

Un cahot la projeta en avant. Sa main se posa sur la sienne par inadvertance. Ce simple contact suffit à émouvoir le jeune homme. Pour dissiper son trouble, il prit l'air sévère et poursuivit :

– La reine est certainement innocente de ces accusations, cependant l'amitié de la duchesse et ses rapports avec l'Espagne la compromettent. C'est cela que le roi lui reproche.

– Anne n'a pas d'amis, confia Angélique avec tristesse. Je suis la dernière. Dieu sait ce qu'elle deviendra si la reine mère ou le cardinal décidaient de me jeter en prison. Vous ne serez pas toujours là pour me protéger.

– Qu'attendez-vous de moi ?

– La reine vous le dira.

Le carrosse avait ralenti pour franchir les barrages du nouveau palais en construction où s'affairaient des dizaines d'ouvriers. Quelques minutes plus tard, il s'arrêta.

– Venez ! lança Angélique.

Sans attendre son aide, elle ouvrit la portière et descendit lestement. Ancelin l'imita. Ils franchirent une petite porte et se retrouvèrent dans un couloir étroit d'où partait une volée de marches. Un jeune page de la reine les attendait, une lanterne à la main. Ancelin le suivit à travers des corridors, puis des galeries flamboyantes. Un escalier de nouveau. Une porte blanche. Angélique frappa deux coups brefs et trois coups prolongés. Au signal, une servante ouvrit. Ancelin fut introduit dans un boudoir meublé à la mode persane.

Angélique désigna un petit siège de cuir doré.

– Asseyez-vous, Ancelin.

C'était la première fois qu'elle prononçait son nom. Le page était resté à l'extérieur. Angélique et la servante franchirent une porte dissimulée par une tenture. Resté seul, Ancelin se prit à réfléchir. Il pouvait encore s'en aller, disparaître pour résister aux caprices de cette fille trop belle. Il hésita : fuir n'était pas dans sa nature. Quand il se décida, il était trop tard.

– Monsieur le chevalier d'Amboise.

La voix d'Angélique était cérémonieuse. La dame qui l'accompagnait portait une robe noire au décolleté orné de dentelles de Valenciennes. Elle avait des cheveux blonds, une peau blanche sans un défaut, un regard clair, franc, un peu intrigué. Elle tendit au visiteur une main fine.

– Messire d'Amboise.

Son accent espagnol était charmant.

Ancelin prit la main offerte avec une délicatesse maladroite et s'inclina.

– Votre Majesté.

– Je vous sais gré d'être venu. Mlle de Beaulieu m'assure que vous pouvez m'aider.

– Je suis aux ordres de Votre Majesté.

Les mots sortaient de ses lèvres malgré lui. Devant tant de charme et de majesté, il oubliait le cardinal et ses préventions.

– J'ai besoin de vous, monsieur.

La reine n'ordonnait pas, elle ne suppliait pas davantage : elle faisait appel à sa noblesse comme s'il était l'un de ses familiers. Venant d'une reine, la simplicité de cette demande était bouleversante. Ancelin leva les yeux, fasciné.

À vingt-six ans, Anne d'Autriche était d'une beauté éblouissante. Ses gestes avaient une grâce naturelle, dépourvue des manières solennelles imposées par l'étiquette de la cour, et son teint gardait une fraîcheur juvénile qu'aucun fard ne venait altérer.

– Jadis, reprit-elle, les dames avaient un champion qui se battait pour elles dans les tournois. Pour l'honneur. C'est bien d'honneur qu'il s'agit. Vous êtes en droit de vous étonner qu'une reine, entourée de mille gentilshommes, fasse appel à vous.

– Que dois-je faire, madame ?

– Angélique ne vous l'a pas expliqué ? Sachez que vous pouvez refuser. Je ne vous blâmerai pas. En vous invitant ici, je ne cherche pas à vous compromettre. Je voulais faire votre connaissance pour être certain de rencontrer celui dont Angélique m'a vanté les mérites. Eh bien, monsieur, mon opinion est faite.

Sur ces mots, la reine lui adressa un sourire plein de douceur et lui tendit la main. Cette fois, Ancelin l'effleura de ses lèvres.

Anne d'Autriche partit aussitôt en compagnie d'Angélique, laissant le jeune chevalier assailli de pensées contradictoires. Lorsque Angélique revint, il avait retrouvé ses esprits.

– Eh bien, qu'attendez-vous de moi ?

Elle mit un doigt sur ses lèvres.

– Pas ici : les murs ont des oreilles, et nous sommes environnés d'ennemis.

Ils regagnèrent rapidement leur carrosse et repartirent. Angélique semblait abattue. À un moment donné, elle écrasa furtivement une larme. Ancelin ne put dissimuler son impatience.

– Que se passe-t-il ? Vous souffrez ?

Elle sourit avec effort.

– J'ai mal, il est vrai, pas pour moi, pour la reine. Son désespoir me brise le cœur.

« Elle essaie de m'apitoyer. Ce qu'elle attend de moi doit être bien grave », songea Ancelin.

Ils restèrent silencieux le reste du trajet. Puis, à l'instant où la voiture s'arrêtait devant l'hôtel de Beaulieu, Angélique, qui était installée face à lui, vint s'asseoir à son côté, si proche qu'il sentit son parfum et la caresse de sa robe. En regardant ses lèvres, il songea à leur baiser, le jour où elle s'était abandonnée, à Méricourt.

– M'aimez-vous ? murmura-t-il.

Elle sourit d'un air mystérieux.

– Dois-je répondre à cette question ?

Une larme brillait encore au bout de ses cils.

– Que dois-je faire ? soupira-t-il.

Elle le dévisagea, comme si elle hésitait encore, puis murmura :

– L'homme qui a insulté la reine se nomme Louis de Brienne. Il sera demain soir à la fête des Princes, dans les jardins de Cluny. Il faut lui lancer un défi et lui infliger la punition qu'il mérite.

– Quelle sorte de punition ?

– L'empêcher à jamais d'offenser une dame.

– À jamais ! Décidément, vous aimez cet adverbe, railla-t-il.

Et soudain, il salua et partit en la laissant dans l'incertitude.

29

L'honneur de la reine

Les feux de joie et les torches donnaient au palais de Cluny l'apparence d'un château de légende sorti des brumes de Brocéliande. Autour de l'estrade, édifiée au cœur des jardins, on entendait de la musique, des rires, et les exclamations suscitées par le spectacle des bateleurs : cracheurs de feu, avaleurs de sabre, magiciens, montreurs d'ours, jongleurs et danseurs africains.

Sous son masque, Ancelin épiait les spectateurs. C'était la fête des Princes. Gentilshommes et grandes dames avaient revêtu des habits d'autrefois, évoquant la cour du roi Arthur ou celle de Charlemagne.

À la limite des jardins, une corde, gardée par une centaine d'archers de la milice, tenait en respect le menu peuple et quelques truands avides de boire, de danser et de s'enrichir aux dépens des princes.

Ancelin portait son costume de cavalier. Il se mit aussitôt en quête d'Angélique et ne la trouva pas. Au bout d'une heure, il comprit qu'elle n'avait pas daigné paraître. Il en éprouva une sourde colère. Ainsi, elle l'envoyait défier les ordonnances royales et risquer sa vie pour se désintéresser de son sort comme s'il ne la concernait plus !

Il s'apaisa en se rappelant qu'il l'avait quittée froidement. Son attitude avait pu signifier un refus. C'était mal le connaître : s'agissant d'honneur, il était prêt à relever un défi contre toute raison.

Il chercha alors Louis de Brienne qu'il n'avait jamais vu, interrogeant les dames. Toutes le connaissaient, mais, distraites par le spectacle, elles lui offraient des réponses vagues et souvent contradictoires. Il erra à travers la fête, une heure encore, avant d'être interpellé par une jeune femme questionnée quelques instants auparavant :

– Voici votre prince, monsieur.

– Il paraît que vous me cherchez, l'ami ?

Le ton était familier. Le physique, peu ordinaire : haute taille, larges épaules, jambes nerveuses, visage bizarrement fardé donnant au personnage un aspect efféminé contredit par la robustesse du corps et la rudesse des manières.

– Vous êtes Louis de Brienne ?

– Que lui voulez-vous ? demanda le gentilhomme en faisant voler les manches écarlates de son habit d'un autre temps.

– Le féliciter pour la courtoisie de ses façons et la délicatesse de ses propos.

Le ton était ironique. Ceux qui entouraient Brienne ne s'y trompèrent pas. Leurs rires offensèrent l'orgueilleux personnage. Il se planta devant Ancelin, le poing sur la hanche.

– Dites-moi, l'ami : comment dois-je prendre vos propos : est-ce un compliment ou une insulte ?

– Choisissez, monseigneur, répliqua Ancelin.

Les rires cessèrent aussitôt. Les regards brillaient dans l'attente du défi qui s'annonçait. Ancelin comprit que Louis de Brienne était peu apprécié de son entourage.

– Ah ! çà, monsieur, vous me cherchez querelle ! s'écria le gentilhomme en portant la main à son épée.

– S'il vous plaît de le croire.

– Qui êtes-vous donc ?

– Roger de Méricourt.

– Je n'ai pas l'honneur de vous connaître !

– Il ne tient qu'à vous d'en savoir davantage, répliqua Ancelin en s'appuyant sur son épée.

Brienne éclata de rire.

– Pourquoi pas ? Cette fête m'ennuyait. Je suis donc à vos ordres. Où préférez-vous poursuivre cette conversation : sur l'estrade ? Vous me paraissez un fameux baladin ! Ou dans la salle d'audience du palais, peut-être ?

Ses compagnons riaient. Certain d'avoir repris l'avantage, Brienne voulut repousser son adversaire. Ancelin esquiva la main méprisante.

– Peut-être serait-il sage d'attendre demain, suggéra-t-il. Votre bras serait plus ferme et vos jambes moins vacillantes.

Le visage de Brienne rougit sous sa couche de fard.

– Décidément, vous m'insultez, monsieur ! s'emporta-t-il en tirant son épée.

L'un de ses compagnons retint son bras et lui montra les curieux qui s'assemblaient.

– Pas ici, Louis.

– Le pré de Labienus ? proposa un jeune gentilhomme.

Ancelin attendait paisiblement la suite des événements, laissant les autres organiser la rencontre au gré de Brienne. Six hommes et quatre femmes les accompagnèrent discrètement. Deux valets les précédaient, munis de torches et de lanternes. Ils franchirent la ligne des archers, traversèrent la foule des badauds, contournèrent le palais des abbés et longèrent les thermes romains.

En contrebas s'étendait une sorte de terrain vague appelé « le pré de Labienus » en souvenir du lieutenant de César qui avait conquis Paris.

Les gentilshommes tirèrent leurs épées et chassèrent les vagabonds qui peuplaient les lieux. Ensuite, les valets délimitèrent le terrain avec les torches et les lanternes.

Louis de Brienne ôta son habit et fit quelques mouvements d'échauffement en homme habitué au maniement des armes. Ancelin resta impassible, à l'intérieur du carré de lumière, sans prêter attention aux provocations de son rival et aux encouragements prodigués à Louis de Brienne par ses amis. S'il ressentait de la peur, il n'en laissait rien paraître.

– Démasquez-vous avant de mourir, monsieur ! lança Brienne.

Ancelin détacha son masque. Les dames chuchotèrent, étonnées de ne pas connaître un aussi charmant gentilhomme et un peu navrées d'assister à sa mort, face à un adversaire qui ne faisait jamais quartier.

Une jeune fille tendit son foulard à Ancelin en proposant :

– Voulez-vous mes couleurs ? Elles vous porteront bonheur.

Ancelin refusa avec courtoisie :

– Je me bats pour l'honneur d'une dame qui n'est pas vous. En vous voyant si belle, je me prends à le regretter.

Agacé par cet assaut de politesse, Brienne s'était mis en garde. Ancelin le rejoignit en caressant sa lame. Il faisait souvent cela : le contact du fer lui donnait l'énergie dont il avait besoin avant le début d'un combat.

Les épées se croisèrent. Puis Brienne se dégagea et porta la première attaque. Il semblait vif et adroit. Ancelin s'en félicita : contrairement à ses habitudes, il avait provoqué ce duel et aurait souffert de la faiblesse de son rival. Or, ce n'était pas le cas. Brienne avait un poignet vigoureux et une hardiesse qui soulevait l'admiration de ses compagnons. Au début, Ancelin se borna à parer ses assauts pour étudier sa technique. À ce jeu, Brienne s'énervait, il multipliait les attaques et s'exposait de plus en plus.

Sa qualité principale était d'être imprévisible. En déséquilibre, il porta une botte qui effleura le front de son adversaire. « Joli coup ! » reconnut Ancelin. Fier de son succès, Brienne voulut récidiver. Cette fois, Ancelin était à la parade. Sa riposte força son adversaire à rompre. Poursuivant son avantage, Ancelin lia l'épée de son adversaire et le désarma. Ce coup fulgurant laissa les spectateurs muets d'admiration.

Ancelin recula de trois pas et invita son rival à ramasser son arme. Brienne s'exécuta sans hâte. En constatant la supériorité inattendue de son rival, il avait perdu sa superbe.

Sitôt réarmé, jouant le tout pour le tout, il se jeta sur Ancelin. Celui-ci esquiva. Au lieu de profiter du déséquilibre du gentilhomme, il fit deux pas de côté et ouvrit sa garde pour lui offrir sa poitrine. Brienne attaqua. Ancelin para et attaqua à hauteur du visage.

Brienne effectua une parade désespérée. L'instant d'après, il se pétrifia. Grâce à une attaque simultanée, Ancelin venait de lui percer la poitrine.

Le gentilhomme lâcha son arme et s'effondra. Abandonnant son épée, Ancelin s'agenouilla. Les lèvres souillées de sang du blessé s'agitaient faiblement.

– Une dame ? L'honneur d'une dame ? balbutia-t-il.

– La reine de France, murmura Ancelin.

– Dites-lui de me pardonner.

– Je vous le promets.

Louis de Brienne n'entendit pas ces derniers mots : il venait de rendre l'âme. Ancelin ramassa son épée et salua son adversaire avant de se perdre dans la nuit. Il avait accepté ce duel par amour pour Angélique. À présent, il se reprochait d'avoir cédé à son caprice. Par sa faute, un homme venait de mourir. Cet homme avait reconnu ses torts et accepté son sort avec dignité. Quoi qu'elle prétende, Louis de Brienne était réellement un gentilhomme.

30

Les ruses du cardinal

– Monsieur, je suis fort mécontent de vous !

L'homme qui se dressait devant Ancelin n'avait plus rien du personnage agréable qu'il avait rencontré à deux reprises. Sous sa robe de cardinal, il affichait l'autorité farouche du soldat qu'il avait été avant d'entrer dans les ordres.

– Je suis au désespoir d'avoir déçu Votre Éminence, murmura Ancelin.

Richelieu balaya l'excuse d'un geste dédaigneux.

– Langage de courtisan ! Laissez-le à d'autres. Je comptais sur votre loyauté, j'avais tort !

Ancelin pâlit.

– En quoi ai-je trahi, monseigneur ?

Le regard d'aigle du ministre le transperça.

– Monsieur, vous avez aidé les ennemis de Sa Majesté en enlevant le bourreau de Nantes. Par leur faute, l'exécution d'Henri de Talleyrand a offert un spectacle sanglant, si bien qu'on plaint le coupable au lieu de le condamner.

– Puis-je faire remarquer à Votre Éminence que je ne suis pas responsable de cet enlèvement ?

– Ne m'interrompez pas, monsieur. Je n'en ai pas fini avec vous ! Non content de vous allier à nos ennemis, vous avez rendu visite à la reine. Inutile de mentir, je le sais.

– Je ne le nie pas, monseigneur, répondit Ancelin. Je suis fier d'avoir été présenté à la reine de France.

– Ce n'est pas tout ! fulmina Richelieu. Vous avez délibérément provoqué et assassiné Louis de Brienne.

– Assassiné, le mot est dur, protesta Ancelin. Le duel était loyal.

– Duel, vous avez prononcé le mot, un crime selon les ordonnances royales. Je vous ai pardonné une fois, c'était une fois de trop. Brienne m'avait rendu des services. Par certains côtés, c'était un homme détestable, j'en conviens. Sa perte ne me chagrinerait pas si elle n'était contraire à la loi.

– J'ai soutenu bien d'autres duels à votre service, monseigneur.

Le cardinal fit semblant de n'avoir rien entendu.

– Par ailleurs, vous avez laissé incendier Méricourt, un domaine que je vous avais confié. Enfin, vous avez permis à Mme de Chevreuse de s'enfuir.

– Je supposais que les documents que j'ai livrés à Votre Éminence lui prouveraient que j'ai rempli ma mission avec zèle.

– Ce zèle me convient si bien, monsieur, que je vais vous confier une nouvelle mission. Il s'agit de vous rendre en Angleterre. Ce voyage vous mettra à l'abri de la justice du roi. Toutefois, il vous exposera à un péril aussi grand. Le roi Charles Ier et son favori, le duc de Buckingham, préparent une action hostile contre la France, je veux savoir laquelle. Les deux fidèles que j'ai dépêchés à Londres ont péri dans des conditions mystérieuses. Peut-être serez-vous plus chanceux ou plus adroit. Il paraît que vous êtes invincible, l'épée à la main.

– Je ne suis pas Achille, monseigneur, ironisa Ancelin.

– C'est bien dommage, grommela le cardinal. À cause de vos maladresses, je suis obligé de reconstruire Méricourt. J'ai envoyé là-bas un architecte et des maçons. Si vous revenez d'Angleterre avec les informations que j'attends, la demeure sera prête à vous accueillir. Et si, par malheur, vous ne revenez pas, je trouverai bien quelqu'un à qui l'offrir.

Ancelin surprit une lueur ironique dans les yeux du ministre. Sous prétexte de le punir, Richelieu le récompensait. « Les papiers de la duchesse devaient être bien importants ! » conclut-il.

Cependant, Richelieu avait repris son air sévère.

– Prenez garde à vos fréquentations, monsieur de Méricourt.

– J'entends bien, monseigneur. Mais comment accéder à l'intimité de la duchesse sans cultiver certaines relations ?

– Cultiver, vous en parlez comme s'il s'agissait de fleurs. Pour Mlle de Beaulieu, je veux bien, mais pour les autres...

– Ceux qui ont tenté de l'empoisonner et m'ont frappé dans le dos ?

– Ne faites pas l'innocent ! En servant la reine, vous m'avez desservi. Je vous avais prévenu : j'exige de vous une fidélité absolue. Méfiez-vous des femmes, elles vous perdront.

Ancelin perçut un accent de rancune dans la voix du ministre.

– Je me permets de rappeler à Votre Éminence que c'est elle qui m'a ordonné d'être au mieux avec Mlle de Beaulieu.

– Je mesure l'effort que cette démarche à dû exiger de vous, railla Richelieu.

Ancelin rougit malgré lui.

– Cette jeune personne s'est servie de vous. J'espérais tout le contraire. Un conseil : à Londres, soyez vigilant. Les tentations seront moins grandes, mais les dangers plus sournois.

– Quand devrai-je partir ? demanda Ancelin.

– Aubertin vous le dira.

La clochette résonna, le secrétaire parut. Le cardinal se penchait déjà sur ses papiers. Alors, seulement Ancelin remarqua la cheminée éteinte et les chandeliers disparus. Si Richelieu se dispensait de chaleur et de lumière, cela signifiait qu'après avoir vaincu ses ennemis il avait recouvré la santé !

– Eh bien, dit Aubertin en le raccompagnant, le cardinal vous a-t-il témoigné sa satisfaction ?

– Satisfaction ? grommela Ancelin. Il m'a abreuvé de reproches avant de m'expédier en Angleterre !

Aubertin acquiesça en riant :

– C'est donc qu'il est content de vos services !

31

Pièges

L'hôtel de Beaulieu semblait en deuil : portes fermées, fenêtres voilées, cour silencieuse. Ancelin avait hésité avant de se présenter chez Angélique. Durant dix jours, il avait espéré une lettre, une invitation, un remerciement. Mais rien, pas un mot, pas un geste, comme si elle avait oublié son existence.

Son orgueil lui commandait l'indifférence, mais il devait partir le surlendemain en Angleterre et il était incapable d'accomplir sa mission sans un adieu, une promesse.

Il se présenta avec la crainte de la trouver absente, exilée peut-être. Mais elle était là et il en conçut du dépit. Ce silence, c'était là toute sa gratitude. Elle l'accueillit, non pas dans le petit salon où ils avaient goûté une douce intimité, quelques mois auparavant, mais dans une pièce solennelle aux murs dépouillés d'ornement et au sol de marbre.

Angélique était aussi froide que ce décor : coiffée d'une perruque bouclée et le visage poudré à la mode des dames de la cour. Il avait du mal à distinguer la finesse de ses traits sous son masque blanc.

– Monsieur, nous n'oublierons jamais ce que vous avez fait pour nous.

Sa voix était compassée, ses mots artificiels. Il se retint d'arracher cette perruque et d'essuyer son visage enlaidi.

– Ce que j'ai accompli, je l'ai fait par amour.

– Je sais bien. C'est par amour aussi que je vous l'ai demandé, par amour pour la reine. Vous le lui deviez. Souvenez-vous : la lettre que vous avez dérobée à Arcueil l'avait mise en danger. Vous n'avez fait que réparer le tort qu'elle avait subi par votre faute. Louis de Brienne faisait courir sur elle des mensonges insupportables, l'accusant d'être infidèle au roi. Il devait être puni. Il l'a été grâce à vous.

En disant cela, elle joignit les mains, et ce geste de prière lui sembla faux.

– Voulez-vous m'épouser ? demanda-t-il brusquement.

La déclaration était brutale. Il n'aurait jamais eu une telle audace sans la volonté de mettre un terme à sa comédie et de lui arracher son masque. Il lui sembla qu'elle se troublait ; elle s'appuya à une table de marqueterie comme si ses jambes la trahissaient.

– Je ne crois pas que cette union serait heureuse, murmura-t-elle d'une voix faible.

Il fit un pas en avant, et elle recula instinctivement.

– Pourquoi ? s'emporta-t-il. Parce que je ne suis qu'un bâtard sans titre ni fortune ? Mais il n'est rien que je puisse réussir si vous consentiez à m'aimer. Pour vous, je construirais des palais, je pillerais tous les trésors de l'Orient. Pour vous, je tuerais !

Son discours était excessif, ridicule sans doute, il en avait conscience, mais il n'avait pas la force de garder en lui la passion qui l'étouffait.

– Je sais, monsieur, répondit-elle avec émotion. Ce n'est pas le cœur qui nous sépare, c'est la raison. Vous servez le cardinal et je sers la reine, ces vocations sont inconciliables. Vous êtes fidèle à votre maître, je le conçois.

– Je n'ai pas de maître ! répliqua Ancelin avec fierté. J'obéis à un ministre, il y a une nuance.

– Vous lui obéissez au point de me mentir. Cette attitude révèle vos priorités.

Ce fut au tour d'Ancelin de se troubler.

– J'ai honte de l'avoir fait.

– Vous l'avez fait par devoir, je ne vous reproche rien.

Elle s'était redressée et devenait plus distante. Ne supportant pas de la voir s'éloigner, il lui saisit les mains.

– Souvenez-vous, Angélique, vous étiez dans mes bras, j'ai conservé le goût de vos lèvres, comment l'oublier ?

– Taisez-vous, je vous en supplie !

Elle se libéra vivement. Un homme entrait dans la pièce. Ancelin reconnut le secrétaire du maréchal d'Ornano.

– Roland ?

– Monsieur, dit Angélique d'une voix altérée, j'ai l'honneur de vous présenter mon fiancé, M. d'Espagnac. Vous vous connaissez, je crois.

Roland se précipita et serra Ancelin dans ses bras.

– Depuis l'enfance, nous avons joué ensemble. Il m'a enseigné l'épée et tout ce qui va avec : l'honneur et le courage, dit le Gascon avec enthousiasme.

Ancelin chancela sous l'effet de la surprise et de l'émotion. Roland s'inquiéta :

– Tu es tout pâle !

– Ce n'est rien, une vieille blessure.

– Il est vrai que tu ne t'es pas ménagé, tu as été héroïque.

– Rien de comparable à aujourd'hui.

– Espagnac et Beaulieu, nos deux familles sont alliées depuis longtemps, poursuivit Roland d'un ton léger. Le mois prochain, nous donnerons une grande fête pour célébrer nos fiançailles. J'espère que tu seras des nôtres.

– Hélas, non, répondit Ancelin. Je pars en Angleterre pour longtemps. J'étais venu faire mes adieux.

Pendant cette scène douloureuse, Angélique était restée muette. Ancelin réussit à sourire.

– Mademoiselle, je vous félicite. Vous n'auriez pu trouver de plus noble cœur. Je vous souhaite beaucoup de bonheur.

– Tu pars déjà ? s'exclama Roland avec une déception sincère.

– Je sers un maître exigeant.

– Un maître, toi ?

Ancelin lui fut reconnaissant de son rire incrédule. Il lui serra la main et s'inclina froidement devant Angélique.

– Adieu, mademoiselle. Inutile de me remercier pour le service que je vous ai rendu. C'était peu de chose, comparé à ce que vous auriez pu exiger de moi.

Il sortit dans un tel état d'abattement qu'il dut s'appuyer à un mur. Il se sentait meurtri, désespéré et en proie à une rage incoercible.

Il entendait les paroles du cardinal: «Elle s'est servie de vous!»

Il n'avait pas voulu le croire. Pourtant, c'était la vérité: elle avait fait semblant d'être amoureuse pour le forcer à faire ce qu'elle voulait, et l'ayant obtenu, elle le chassait comme un valet. Il se vengerait. Un jour, il reviendrait pour lui faire payer sa trahison, il en faisait serment!

Au milieu de ses pensées douloureuses il sentit un regard peser sur lui. Levant les yeux, il vit une silhouette noire postée à quelques pas. Il crut que c'était un serviteur des Beaulieu avant de reconnaître Arkan.

Avec son manteau noir soulevé par le vent, le petit personnage ressemblait plus que jamais à un oiseau funeste.

– Toi encore! gronda-t-il en saisissant son épée.

Arkan esquissa un geste d'effroi.

– De grâce, monsieur, gardez votre fer pour des adversaires plus dangereux. Je suis venu vous prévenir : le marquis de Villanova est ici, en embuscade, déterminé à vous assassiner.

Ancelin tira son épée et zébra l'air avec fureur.

– Tant mieux, j'ai besoin d'exercice !

En le voyant s'avancer vers la ruelle voisine, Arkan le rappela :

– C'est là qu'il vous attend, monsieur.

– Justement.

– Ils n'est pas seul : ils sont quatre.

– Fort bien !

Il marcha hardiment vers le passage obscur, résolu à déverser sur son ennemi la rage qui l'habitait. La ruelle semblait déserte, mais il perçut le danger et en éprouva l'ivresse.

Il n'avait pas fait dix pas que le marquis surgit entouré de trois spadassins armés de longues rapières. Ancelin les salua :

– Messieurs, vous tombez à pic !

Villanova baisa la garde de son épée.

– Toi, tu tombes mal, bâtard. Chacun de ces trois hommes a envoyé plus d'adversaires en enfer que tu n'en combattras jamais.

Ancelin se mit en garde.

– Eh bien voyons cela : au premier d'entre vous, messieurs.

Le marquis fit entendre un rire moqueur.

– L'un après l'autre ? Non, non, nous formons tous les quatre une même compagnie. Nous combattrons ensemble. Mais tu peux jeter ton épée. Je te conduirai ficelé chez la duchesse qui décidera de ton sort après nous avoir couverts d'or.

– Comme il vous plaira, soupira Ancelin.

Il dut reculer car, tandis que le marquis s'avançait sur lui, les autres longeaient les murs avec l'intention de l'encercler.

– Pas de ça, mes amis, reculez sagement, intervint une voix flûtée.

Tournant la tête, Ancelin aperçut Arkan. Le petit homme, un pistolet dans chaque main, menaçait les spadassins.

– Bien, alignez-vous contre le mur et ne bougez plus. Un peu de patience : votre tour viendra. Marquis, à vous l'honneur !

Furieux, Villanova porta une botte foudroyante. Ancelin para et riposta. Sa lame balafra le visage du marquis, qui laissa échapper son arme. L'assaut n'avait duré que six secondes.

Aussitôt, sans prévenir, un des spadassins attaqua par-derrière. Ancelin pivota, para et se mit à harceler l'homme par une succession de bottes, l'obligeant à rompre avant de le clouer au mur d'une lame en plein cœur. Pendant ce temps, le marquis avait ramassé son épée. Essuyant le sang qui l'aveuglait, il s'élança, croyant sabrer son adversaire. Il ne rencontra que le vide. Après avoir esquivé, Ancelin se fendit et sa lame lui traversa l'épaule. Villanova, vaincu, mit un genou en terre.

– À qui le tour ? demanda Arkan.

Les survivants échangèrent un regard, puis remirent leurs épées au fourreau, jugeant leur adversaire trop fort pour leur propre science. Le marquis gémissait. Ils le saisirent sous les bras et l'emmenèrent en le portant comme un pantin désarticulé.

Ancelin essuya sa lame avec le mouchoir d'Angélique, conservé comme une relique, et le jeta sur le sol. Lorsqu'il se retourna pour remercier Arkan, le petit homme avait disparu.

32

Promesses

Ancelin admira le jardin Notre-Dame. Quelque temps auparavant, derrière ces haies mordorées des couleurs d'automne, il avait retrouvé ses amis. Il revenait alors d'Italie pauvre et affamé de pain et de gloire. En moins de six mois, sa situation avait changé, mais sa mélancolie était la même. Il songeait qu'il avait négligé ses compagnons au cours de son existence aventureuse. Pourtant, il n'avait jamais eu autant besoin d'amitié à la veille de quitter la France et Paris qu'il aimait tant.

Il s'assit dans l'herbe, contre la clôture de l'ancien hôtel de Navarre, à l'endroit précis où ils avaient déjeuné sous le soleil printanier.

Le soleil était là, la haie, le banc, les oiseaux et les cris des enfants qui jouaient à la marelle sur les dalles du lavoir voisin. Il ferma les yeux. Pourquoi se sentait-il vaincu après avoir triomphé dans plus de dix combats ? Sans doute parce que son cœur était brisé et sa blessure sans remède.

« On ne meurt pas de ces plaies-là, et c'est dommage », songea-t-il.

Sa mélancolie avait une autre cause : deux heures auparavant, il avait dit adieu à Yvon. Son fidèle écuyer pleurait de le voir partir et riait d'être chargé de la surveillance des travaux du château de Méricourt. Ancelin lui avait remis un cheval, une épée et quarante écus en lui recommandant d'éviter les brigands. À présent, le garçon lui manquait.

– Déjà là ?

La voix d'Entraigues venait de rompre sa solitude.

– On dirait un vieillard en train de se chauffer au soleil.

Les autres riaient : Henriet, Orphée, Marion, Aurore, Louise. Ils étaient tous là, si fidèles à son souvenir qu'il croyait rêver.

– Tu en fais, une tête ! plaisanta Orphée. Si on te gêne, il faut le dire !

Ancelin bondit et les embrassa l'un après l'autre en les serrant si fort que les filles gémirent.

– Je préfère ça ! jubila Henriet.

– Pas moi, ronchonna Marion en redressant son bonnet.

Entraigues, lui, observait son ami d'un air perplexe. Il ne l'avait jamais vu aussi démonstratif. Dès qu'il put, il le prit à part :

– Que se passe-t-il ?

– Mais rien, c'est le plaisir de vous revoir !

En disant cela, Ancelin regardait Louise, dont les joues étaient aussi roses que sa robe.

– Plaisir partagé, bougonna Entraigues.

Les jeunes filles étalaient déjà leurs nappes sur l'herbe et disposaient les mets contenus dans un panier d'osier. Tout était pareil !

– J'ai faim ! grogna Orphée.

– J'ai soif ! rugit Henriet en tendant un gobelet.

– Tu attendras ! le gronda Aurore, nous ne sommes pas au complet.

– Une goutte ?

– J'ai dit non !

– Alors, une larme ?

Ancelin s'était assis. Louise s'installa contre lui, la tête sur son épaule.

– Tu m'as manqué.

– Toi aussi.

Elle nota que le regard d'Ancelin était différent, un peu triste.

– Je pars demain, murmura-t-il.

– Où ça ?

– En Angleterre.

– Longtemps ?

– Sans doute.

– Emmène-moi !

– Je voudrais bien.

C'était la première fois qu'elle le voyait au bord des larmes. Elle prit sa main et la porta à ses lèvres, étonnée de sa propre audace.

– Tu pars avec une autre, c'est ça ?

Il plongea ses yeux au fond des siens.

– Si je partais avec une femme, ce serait toi, Louise.

Il avait dit une femme, pas une enfant, comme il le faisait toujours. Son regard était brillant. Amoureux ?

– Quand je reviendrai, tu m'auras peut-être oublié.

– Ça non !

Elle s'empourpra parce qu'elle avait crié sans le vouloir et les autres la regardaient avec des airs malicieux.

– Tu sais que tu es de plus en plus jolie ? murmura Ancelin.

– À ton retour, je le serai davantage, chuchota-t-elle, ou alors je serai toute fanée comme une fleur qu'on a oublié d'arroser, et tu ne voudras plus de moi.

Il sourit de la voir fraîche, gentille, sincère, généreuse ; tout le contraire d'Angélique, et son cœur se serra.

– Le voilà ! s'écria Marion. Ce n'est pas trop tôt !

Ancelin pâlit en apercevant Soubise. La dernière fois qu'il avait vu son ami, il tenait son bras blessé au pied du château des Chevreuse en le maudissant. Et là, il lui souriait, la main tendue. Ancelin la prit avec émotion.

– Comment vas-tu ?

– Bien, prêt à la revanche.

Les autres les regardaient, étonnés, ignorant visiblement ce qui les avait placés dans des camps ennemis.

– Comment va ta belle duchesse ? murmura Ancelin.

– Et ton cher cardinal ? répliqua Soubise sur le même ton.

– Ces gens-là ne méritent pas d'être invités parmi nous. Je regrette de t'avoir si maltraité.

Soubise se frotta le bras et éclata de rire.

– Un souvenir de toi, ça n'a pas de prix !

– Nous voici tous réunis, comme autrefois, s'écria Henriet.

– Comme autrefois, répéta Ancelin avec nostalgie.

Il regrettait l'insouciance de leur adolescence. L'avenir était fait de dangers, de peurs, de mensonges, de trahisons. Pour l'oublier, il se pencha vers Louise et pressa ses lèvres sur les siennes. Surprise, la jeune fille ouvrit des yeux effarés, puis noua ses bras à son cou et lui rendit son baiser.

Soubise leva son gobelet.

– J'allais dire : « À notre amitié ! », mais toute réflexion faite : « À nos amours ! »

À suivre dans

L'espion de RICHELIEU

2 - Le duc des Ombres

1

Au-delà des brumes

Vers le nord, on apercevait maintenant une ligne blanche.

Les falaises de Douvres, annonça Henri de Vitry.

Après une journée de navigation contrariée par des pannes de vent, la brume s'était enfin dissipée, et l'Angleterre surgissait sous un ciel radieux. Ancelin demeura silencieux, le cœur et l'esprit oppressés par les vapeurs grises qui dressaient une frontière mystérieuse entre les deux pays. Il avait quitté Louise pour longtemps et Angélique à jamais, et songeait avec mélancolie qu'il y aurait désormais peu de place pour l'amour dans son existence.

– C'est votre premier voyage à Londres ? demanda Vitry.

– Le premier, répondit Ancelin, laconique.

– Vous parlez anglais ?

– Quelques mots.

– Autrement dit, pas du tout, conclut Vitry en souriant. Un conseil : ne vous éloignez pas de l'ambassade. Les Anglais détestent les étrangers et, de tous les habitants de la Terre, les Français sont ceux qu'ils aiment le moins. Avec le maréchal, vous ne risquez rien.

Il désigna l'ambassadeur extraordinaire du roi Louis XIII, François de Bassompierre, maréchal de France. Compagnon d'Henri IV, ce grand seigneur était presque aussi populaire en Angleterre qu'en France à cause de ses exploits guerriers et mondains. Le marquis de Vitry, lui, était son fidèle ami et l'un des envoyés du roi de France.

– Le maréchal est d'origine allemande, fit observer Ancelin.

– Il est Lorrain. Les Français le remarquent à son accent, pas les Anglais. Pour eux, il personnifie ce que notre pays a de plus élégant et de plus héroïque. À Londres, on le reçoit comme un prince. C'est pourquoi Louis XIII l'a choisi.

– Et vous-même, s'informa Ancelin, vous comprenez l'anglais ?

Vitry acquiesça :

– Je n'ai aucun mérite : j'ai été marié à une Anglaise et j'ai vécu quelques années à la cour de l'Écossais avant de m'installer à Rome.

L'Écossais était Jacques Ier, roi d'Angleterre et d'Écosse, père de Charles Ier, le souverain actuel de l'Angleterre. Ancelin observa son compagnon avec une curiosité nouvelle : le marquis de Vitry était plus jeune que lui et il semblait incroyable qu'il eût connu une telle existence en si peu d'années. C'était un bel homme dont le caractère joyeux et affable tranchait avec la morgue des autres membres de la délégation.

En incorporant Ancelin à l'ambassade du roi, le cardinal de Richelieu voulait faciliter son entrée en Angleterre et donner un prétexte officiel à la mission secrète qu'il lui avait confiée. En réalité, il ne faisait qu'attirer l'attention sur lui : un homme d'épée vêtu de cuir et d'acier parmi douze gentilshommes habillés de brocart ne passait pas inaperçu. C'est cette austérité même qui avait séduit le marquis de Vitry.

Ils restèrent silencieux un long moment, observant le vol des goélands et le claquement des voiles, puis Vitry déclara :

– Je suis certain que vous devez être de première force à l'épée.

– Vous croyez ? murmura Ancelin distraitement.

– J'en suis persuadé : la position du corps, la cambrure du mollet, la souplesse du poignet, ces détails ne trompent pas. Je m'intéresse moi-même à l'escrime. En France, aucune chance de faire étinceler ce bel objet, ajouta-t-il en caressant l'épée d'Ancelin. Mais en Angleterre cet acier pourra s'ébattre en toute liberté.

Ancelin soupçonna le marquis d'être au courant des deux duels qui l'avaient rendu célèbre à Paris en l'exposant à avoir la tête tranchée car les édits interdisaient les duels sous peine de mort. Seule la protection du cardinal l'avait préservé du bourreau. Il allait changer prudemment de conversation quand les canons du fort de Douvres se mirent à tonner.

– Six coups, comme pour les princes, plaisanta Vitry. Pour les Anglais, le canon est la manière la plus chaleureuse d'accueillir un étranger.

Sur le pont de *L'Aigle blanc*, le navire royal, les valets de Bassompierre aidèrent le maréchal à revêtir son manteau d'apparat. Le navire se dirigeait vers l'entrée du port, toutes voiles dehors, entouré d'une flottille arborant des pavillons britanniques. Sur le quai, plusieurs dignitaires venus de Londres, encadrés de soldats en grand uniforme, attendaient l'ambassadeur extraordinaire du roi de France.

Vitry pointa le doigt sur un petit voilier dont la figure de proue représentait une créature ailée :

– C'est sur ce bateau que nous allons remonter la Tamise jusqu'au cœur de Londres. Cette frégate s'appelait jadis *L'Archange* et appartenait à une compagnie de Saint-Malo. Les Anglais l'ont arraisonnée en accusant à tors l'équipage de se livrer à de la contrebande. Le bateau se nomme maintenant *Wind.* Ils l'utilisent pour transporter les envoyés du roi de France.

Tandis que *L'Aigle blanc* jetait l'ancre et qu'on fixait ses amarres, Ancelin avait transporté sa malle sur le pont, bagage fort modeste, comparé aux énormes caisses renfermant les cadeaux que les ambassadeurs destinaient au roi d'Angleterre, à la reine et au duc de Buckingham, le véritable maître du royaume d'Angleterre.

Marins et soldats, impeccablement alignés, attendaient les dignitaires anglais, dont la procession solennelle s'avançait sur l'échelle de coupée. Ancelin rejoignit Vitry.

– Monsieur le marquis, demanda-t-il, voudriez-vous prier vos gens de transporter mon bagage avec les vôtres ?

Le jeune gentilhomme lui lança un regard étonné.

– Vous ne comptez pas résider chez la reine, au palais de Somerset House ?

– Demain, peut-être. Mais j'ai d'abord une mission à remplir.

– Ici, à Douvres ?

Ancelin inclina la tête. Le marquis secoua la tête d'un air réprobateur.

– Pourquoi ne pas vous rendre d'abord à Londres, puis revenir avec une escorte ?

– Ma mission ne souffre aucun retard.

« Et elle est confidentielle », ajouta mentalement Ancelin.

Le visage du marquis refléta une perplexité fort différente de l'insouciance qu'il avait manifestée tout au long de la traversée.

– Êtes-vous au courant de ce qui se passe ici ? La reine Henriette est en froid avec le roi, son époux, qui vient d'expulser son entourage : ses dames d'honneur et ses chapelains. Les protestants lui reprochent d'être catholique. Elle a seize ans et elle est fille d'Henri IV. Sa jeunesse et son hérédité expliquent son entêtement et son imprudence. Mais vous, mon cher, vous me paraissez avoir la tête sur les épaules. Vous devriez veiller à la conserver.

Comme Ancelin restait imperméable à l'ironie, le marquis capitula :

– J'aurais voulu vous aider, mais je constate que vous êtes décidé à n'en faire qu'à votre tête, si vous me pardonnez cette plaisanterie. Votre mission avant tout ! Descendez donc avec nous, mais de grâce évitez de vous faire remarquer. Vous n'avez pas l'air d'un marin anglais, mais d'un soldat Français, et risquez fort d'être pris pour un espion...

Après avoir remercié son compagnon, Ancelin attendit que les membres de l'ambassade et leur escorte fussent descendus à terre pour les imiter.

Un cordon de soldats anglais, mousquets à l'épaule, contenait une foule houleuse. Ancelin se fondit parmi elle. Là, il surveilla le manège des ambassadeurs qui, après avoir écouté un discours de bienvenue dans un français maladroit, montait à bord du *Wind*.

Grâce à sa haute taille, ses manières élégantes et ses habits somptueux, le maréchal attirait tous les regards. Quatre jeunes femmes fort belles l'accompagnaient. Elles devaient servir la reine Henriette si son époux l'autorisait. « Si Buckingham y consent », avait ajouté Vitry.

Tandis que le *Wind* larguait ses amarres, sortait du port, mettait le cap à l'est et contournait la pointe du Kent vers l'estuaire de la Tamise, la foule se pressa le long du quai pour voir s'éloigner le petit voilier. Des enfants plongeaient dans l'eau à la recherche des pistoles que le maréchal avait jeté par poignées suivant la tradition.

Après la disparition du *Wind*, les soldats prirent la direction du fort qui dominait le port. La foule se dispersa. Ancelin chercha quelqu'un susceptible de le renseigner. Il devait contacter John Dow, pêcheur et contrebandier, qui faisait le va-et-vient entre Douvres et Calais. Richelieu le payait pour transmettre ses rapports secrets. D'après ce que savait Ancelin, l'homme habitait l'une des ruelles du port. Il compta six de ces chemins boueux, aux allures de torrents, entaillant l'entassement des maisons de bois construites sur les pentes.

Le long du quai, seul espace empierré, il repéra trois tavernes. Des marins aux manières rudes entraient et sortaient de ces bouges en s'injuriant. Pas d'adresse, un seul nom : John Dow. Ancelin devait confier à cet inconnu une estimation des flottes anglaises qui risquaient de menacer les côtes françaises. Pour cela, il devait enquêter dans les ports de guerre : Portsmouth et Devonport, avec tous les dangers que comportaient ces expéditions en terres hostiles.

Un soupçon effleura Ancelin : le cardinal ne lui avait-il pas confié cette mission suicidaire pour le punir d'avoir favorisé malgré lui la fuite de la duchesse de

Chevreuse et tué en duel l'un de ses informateurs, Louis de Brienne ?

Pour découvrir les plans de Charles Ier et de Buckingham, le cardinal devait disposer d'espions autrement mieux qualifiés qu'un jeune chevalier incapable de comprendre plus de vingt mots d'anglais. Cependant, Ancelin n'était pas homme à refuser un défi. Il s'avança donc avec aplomb sur le quai encombré de barques, de filets et de rouleaux de cordage autour desquels s'affairaient des marins, de jeunes gars aux allures d'apprentis et quelques hommes d'armes.

La nuit commençait à tomber. Des lueurs tremblaient derrière les verres épais des tavernes. Ancelin se dirigeait vers la plus proche lorsqu'il croisa un sourire avenant, celui d'une fille rousse vêtue d'une robe ornée de dentelle.

– *Please, the house of John Dow,* demanda-t-il.

Cet ouvrage a été mis en pages
par DV Arts Graphiques à La Rochelle

Impression réalisée par

CPI
BRODARD & TAUPIN

La Flèche

en décembre 2014
pour le compte des Éditions Bayard

Imprimé en France
N° d'impression : 3008129